불가리아 출신
율리안 모데스트의 에스페란토 원작 범죄 소설

공원에서의 살인
(에스페란토 포함)

율리안 모데스트 지음

공원에서의 살인

인   쇄 : 2021년 10월 15일 초판 1쇄
발   행 : 2021년 10월 25일 초판 2쇄
지은이 : 율리안 모데스트(JULIAN MODEST)
옮긴이 : 오태영(Mateno)
표지디자인 : 정유선(그림책 작가)
펴낸이 : 오태영(Mateno)
출판사 : 진달래
신고 번호 : 제25100-2020-000085호
신고 일자 : 2020.10.29
주   소 : 서울시 구로구 부일로 985, 101호
전   화 : 02-2688-1561
팩   스 : 0504-200-1561
이메일 : 5morning@naver.com
인쇄소 : TECH D & P(마포구)

값 : 12,000원
ISBN : 979-11-91643-19-0 (03890)

불가리아 출신
율리안 모데스트의 에스페란토 원작 범죄 소설

공원에서의 살인
(에스페란토 포함)

율리안 모데스트 지음
오태영 옮김

진달래 출판사

JULIAN MODEST

MURDO EN LA PARKO

Krimromano, originale verkita en Esperanto

Titolo	Murdo en la parko
Aŭtoro	Julian Modest
Provlegis	Lode Van de Velde kaj Yves Nevelsteen
Kovrilbildo	Lode Van de Velde
Eldonjaro	2018
ISBN	978-0-244-96555-6

목차(Enhavo)

1.

Vesperiĝis. La mallarĝaj stratoj, inter la multetaĝaj domoj en la granda loĝkvartalo, estis silentaj kaj senhomaj. Nur de tempo al tempo videblis iu, kiu rapide preterpasis. La stratlampoj lumigis la ĉirkaŭaĵon per citronkolora lumo. Blovis malforta vento kaj baldaŭ ekpluvos. Aŭtune la pluvoj estas oftaj kaj komenciĝas subite.

Maria descendis el la tramo kaj ekiris al la sepetaĝa domo, kiu troviĝis je ducent metroj de la tramhaltejo. Ŝi rapidis reveni hejmen, kie jam atendis ŝin la edzo kaj la filineto Keti. Kamen, la edzo de Maria, ĉiutage pli frue revenis hejmen kaj kutime li venigis Keti el la infanĝardeno kaj hejme ambaŭ atendis Maria-n reveni el la laborejo. Maria estis ĵurnalistino en la granda ĉefurba tagĵurnalo "Telegrafo" kaj ofte malfrue vespere revenis hejmen. Kiam estis gravaj politikaj eventoj, la ĵurnalistoj devis aperigi la informojn en la ĵurnalo kaj tial ili pli da tempo restis en la redaktejo.

Hodiaŭ vespere Maria ne malfruis. Estis la dekoka kaj duono, kiam ŝi eliris el la redaktejo. Ĉe la tramhaltejo sur placo "Libereco" ŝi eniris la tramon kaj descendis ĉe la loĝkvartalo "Lazuro", kie ŝi loĝis. Trankvile ŝi ekiris sur la trotuaron.

1장. 공원에서 일어난 살인 사건

저녁이 되었다. 넓은 주거지역에 고층 건물이 빽빽이 서 있다. 그 사이 사이 좁은 거리는 조용하고 인적이 없다. 때로 빠르게 지나가는 사람만 보일 뿐이다.

주황빛 가로등이 주위를 밝힌다.

바람이 약하게 분다.

조만간 비가 올 듯하다.

가을비는 자주, 그리고 갑자기 쏟아진다.

마리아는 전철에서 내려 기차역에서 200m 떨어져 있는 7층짜리 건물로 걸어갔다.

마리아의 걸음이 빨라진다.

남편과 딸 **케티**가 기다리고 있어서다.

남편 **카멘**은 매일 아내보다 일찍 집에 도착해, 어린이집에서 케티를 데려온다.

집에서 카멘과 케티는 아내이자 엄마인 마리아가 직장에서 돌아오기만을 기다린다.

마리아는 수도의 큰 일간지 '텔레그라포(전보)'의 기자다. 중요한 정치적 행사가 있으면, 기자들은 신문에 관련 기사를 실어야 한다. 그래서 늦게까지 일하는 경우가 많다.

오늘 밤, 마리아는 정시에 퇴근했다.

편집실에서 나왔을 때가 오후 6시 30분이었다.

리베레쪼(자유) 광장에 있는 전철역에서 전철을 타고, 사는 '**라주로**(하늘빛)' 주거지역에서 내렸다.

편안하게 인도(人道)를 걸었다.

En tiu ĉi-vespera horo, post la sepa, preskaŭ ne estis homoj sur la stratoj en la loĝkvartalo. Maria paŝis trankvile, ne tre rapide. Antaŭ la sepetaĝa domo, en kiu ŝi loĝis, estis parko kun infanludiloj: balancilo, lulilo, glitilo, kaj Maria devis trapasi ĝin. Dum la ripozaj tagoj ŝi kutimis veni ĉi tien kun Keti.

Dekstre, ĉe la parkaleo, kreskis arbustoj kaj granda maljuna salikarbo. Kiam Maria proksimiĝis al la arbo, malantaŭ ĝi elpaŝis viro kaj ekstaris antaŭ Maria. En la unua momento, je la malforta strata lumo, ŝi ne tre bone alrigardis lin, nur rimarkis, ke li ne estas tre alta, vestita en pluvmantelo kun nigra rondĉapelo, kiu kaŝis liajn okulojn. Tamen la viro neatendite levis sian dekstran manon kaj en ĝi ekbrilis pistolo. Subkonscie Maria eksentis, ke tuj okazos io terura. Ŝi eĉ ne sukcesis palpebrumi, kiam el la pistoltubeto aperis eta ruĝa flamo kiel serpenta lango kaj aŭdiĝis obtuza pafo. Akra doloro tranĉis la bruston de Maria kaj ŝi falis sur la asfaltitan aleon.

La ulo faris du paŝojn al ŝi, pafis al ŝia kapo kaj rapide malaperis. La pafmurdita korpo de Maria restis sur la parkaleo. Fulmo disŝiris la nubojn, aŭdiĝis tondro kaj torente ekpluvis.

Kamen maltrankvile rigardis la horloĝon, kies montriloj jam estis sur oka kaj duono. Maria ne revenis kaj li ne komprenis kio okazis al ŝi.

저녁 7시가 지나면, 주거지역 거리에는 사람이 거의 없다. 마리아는 편안하게 그렇게 빠르지 않은 걸음으로 지나갔다. 집 앞에는 시소, 그네, 미끄럼틀이 있는 어린이 놀이터가 포함된 조그만한 공원이 있다.

휴일에 케티와 함께 자주 오는 곳이다. 마리아는 늘 그곳을 지나간다. 오른쪽에는 공원 오솔길이 있고, 길을 따라 수풀들과 오래된 큰 버드나무가 자라고 있다. 마리아가 나무를 지나갈 무렵, 뒤에서 한 남자가 걸어 나와 마리아 앞에 섰다.

처음에는 희미한 가로등 때문에 그 사람의 윤곽만 보였다. 그다지 크지 않은 키에 눈을 숨기는 검은 챙모자를 쓰고 비옷을 입었다는 것만 알아차렸다.

남자가 갑자기 오른손을 들었다. 그 손에 들려 있던 총이 가로등 빛에 반사돼 번쩍였다. 마리아는 본능적으로 곧 무서운 무슨 일이 일어날 것이라 느꼈다.

총구멍에서 작고 붉은 불꽃이 뱀의 혀처럼 나타났고, 동시에 희미한 총소리가 들렸다. 마리아는 눈조차 깜빡일 수 없었다. 날카로운 고통이 마리아의 가슴을 찔렀다. 마리아는 아스팔트 길 위로 풀썩 넘어졌다. 남자는 두 걸음 가까이 다가오더니 머리에 총을 쏘고 재빠르게 사라졌다. 총을 맞은 마리아의 몸은 맥없이 풀린 채 공원 오솔길에 쓰러져 있었다. 번개가 구름을 찢고 천둥이 밤하늘을 울리며 비가 아주 세차게 내렸다.

카멘은 시계를 불안하게 쳐다보았다. 벌써 8시 반을 가리키고 있었다. 마리아가 아직도 오지 않았다. 마리아에게 무슨 일이 일어났는지 카멘은 알지 못했다.

Kutime kiam ŝi devis resti plu en la redaktejo, ŝi telefonis kaj sciigis al Kamen, ke malfruos, sed hodiaŭ ne telefonis. La minutoj pasis kaj Kamen iĝis pli kaj pli maltrankvila. Li komencis antaŭsenti, ke verŝajne io malbona okazis, sed li provis forpeli tiun ĉi supozon kaj trankviligi sin. "Ja, meditis li, certe hodiaŭ ŝi havas multe da laboro, aŭ povas esti, ke iu kolegino petis Maria-n deĵori anstataŭ ŝi."

Tamen pasis ankoraŭ duonhoro kaj Maria ne revenis, nek telefonis. Eĉ Keti maltrankviliĝis kaj komencis ofte-oftege demandi:

-Paĉjo, kiam revenos panjo? Mi jam estas dormema.

-Kara, tuj ŝi revenos, sed mi kuŝigos vin en la liton kaj morgaŭ matene, kiam vi vekiĝos, vi diros al panjo "bonan matenon" kaj kisos ŝin.

Finfine Kamen ne povis plu atendi kaj prenis la poŝtelefonon. Li ne deziris ĝeni Maria-n, sed decidis nur demandi ŝin ĉu ŝi ankoraŭ restos en la redaktejo. Aŭdiĝis la konata signalo "tu-tu-tu", sed Maria ne funkciigis la telefonon. Tio ege konfuzis Kamen-on.

"Ĉu ŝi metis la telefonaparaton ie kaj ne aŭdas ĝian sonoron, demandis li sin." Plurfoje li telefonis, sed vane. Neniu respondis, nek Maria, nek iu alia. Kamen decidis telefoni al la redaktejo, funkciigis la telefonon kaj aŭdis la voĉon de Neli, kolegino de Maria, kiun li bone konis.

편집실에 더 남아 있어야 한다면 마리아는 전화해서 늦을 거라고 카멘에게 알려줬을 터다.

그러나 오늘은 전화도 없었다.

시간은 계속 흐르고, 카멘은 점점 불안해졌다.

무언가 나쁜 일이 일어난 것 같은 예감이 들었다.

하지만 애써 부정적인 생각을 쫓아내면서 자신을 안정시켰다.

"그래, 분명히 오늘 일이 많았을 테야. 아니면 동료가 아내에게 대신 당직을 서달라고 부탁했을 거야."

깊이 생각했다. 그러나 또 30분이 흘렀다.

아내는 돌아오지도 전화하지도 않았다.

케티도 불안해하면서 자주 물었다.

"아빠, 엄마는 언제 돌아와요? 벌써 졸려요."

"엄마는 곧 올 거야. 케티, 침대에 눕혀줄게. 내일 아침에 일어나면 엄마에게 '안녕하세요' 인사하고 **뽀뽀**하렴."

마침내 카멘은 더 기다릴 수 없어 휴대전화를 들었다.

아내를 귀찮게 하고 싶지 않았지만, 아직도 사무실에 남아 있는지 물어보아야 했다.

뚜뚜뚜- 하는 익숙한 소리가 들렸다.

그런데 마리아가 전화를 받지 않는다.

카멘은 당황했다.

전화기를 다른 데다 두고, 이 소리를 듣지 못하는가 궁금했다. 여러 번 전화했지만 소용없었다.

누구도 대답하지 않았다,

편집실로 전화하니 잘 아는 마리아의 동료, **네일**의 목소리가 들렸다.

–Saluton Neli – diris Kamen. – Ĉu Maria estas en la redaktejo?

–Saluton – respondis Neli. – Ĉi-vespere mi estas deĵoranto⋯

Kelkajn sekundojn Neli silentis, verŝajne streĉe cerbumis kion respondi al Kamen. "Eble Maria avertis lin, ke ĉi-vespere restos en la redaktejo, meditis Neli kaj ne sciis kion diri al Kamen." Neli ne deziris kompromiti sian koleginon kaj amikinon, tamen Kamen insistis ekscii kio okazis kaj lia voĉo estis ege maltrankvila. Finfine Neli decidis esti sincera kaj diris:

–Maria foriris jam je la dekoka kaj duono.

–Dankon Neli, – diris Kamen kaj ĉesigis la konversacion.

Perpleksita li ekstaris en la mezo de la ĉambro. "Kion mi entreprenu, meditis li?"

La gepatroj de Maria loĝis en alia kvartalo kaj povas esti, ke post la fino de la labortago Maria iris al ili. Kamen certis, ke se Maria iris viziti la gepatrojn, ŝi ne restos tiom da tempo ĉe ili. Ja, hejme atendas ŝin Keti kaj Kamen. Tamen li telefonis al la gepatroj de Maria.

–Ne – diris la bopatrino. – Hodiaŭ Maria ne estis ĉe ni. Ĉu okazis io malbona?

Kiel ĉiu patrino, same ŝi tuj maltrankviliĝis.

"안녕하세요! 네일 기자님." 카멘이 말했다.

"안녕하세요!" 네일이 대답했다.

"마리아가 편집실에 있나요?"

"아니요, 오늘 밤은 제가 당직입니다."

몇 초간 침묵이 이어졌다. 네일은 긴장하면서 카멘에게 뭐라고 대답할지 머리를 굴렸다.

'아마 마리아는 카멘에게 오늘 밤에 사무실에 남을 거라고 알려 줬을 거야.'

네일은 생각했다. 남편에게 뭐라고 둘러대야 할지 몰랐다. 네일은 동료이자 친구인 마리아가 의심받게 하고 싶지 않았지만, 카멘이 무슨 일이 있었는지 알기를 강청(强請)하고 그의 목소리가 아주 불안해서, 마침내 진실을 말했다. "마리아는 6시 반에 벌써 나갔어요."

"감사합니다. 네일 기자님."

카멘은 끝까지 친절을 유지하며 전화를 끊었다. 전화를 끊고 나자 어안이 벙벙해졌다. 방 한가운데 일어나서 생각했다.

'내가 무엇을 해야 하지?'

'마리아의 부모님은 다른 지역에 사니까 하루 스케줄이 끝난 후 마리아가 부모님댁에 갔을 수도 있어.'

마리아가 부모님을 방문하러 갔다면 그리 오래 머물지는 않을 거로 생각했다. 집에서 딸과 남편이 기다리고 있기에. 카멘은 마리아의 부모님께 전화했다.

"마리아는 안 왔네." 장모가 말했다.

"오늘 여기에 안 왔어. 나쁜 일이 생겼는가?"

여느 어머니처럼 장모도 불안해졌다.

La patrinoj kutime opinias, ke ĉiam io malbona povas okazi al iliaj idoj.

-Ne – provis trankviligi ŝin Kamen. – Verŝajne Maria gastas al amikino kaj iom pli malfrue revenos hejmen – diris li, sed li mem iĝis pli maltrankvila, pli embarasita kaj jam tute ne sciis kion supozi.

Maria ne estis en la redaktejo, ne estis ĉe la gepatroj. Daŭre ŝi ne telefonis, sed Kamen ne deziris kredi, ke Maria estas kun amanto, malgraŭ ke tiu ĉi supozo komencis kiel abomena rato rodi lian animon.

Ĉe li, sur la kanapo, antaŭ la televidilo, Keti jam dormis. Kamen atente ĉirkaŭbrakis, levis ŝin, portis en la infanĉambron kaj kuŝigis ŝin en la liton.

-Bonan nokton, kara, – flustris li. – Morgaŭ matene, kiam vi vekiĝos, vi kisos panjon.

Li prenis el la komodo la dormkovrilon kaj kovris Ketin, poste estingis la lampon en la infanĉambro kaj silente eliris.

En la kuirejo Kamen sidiĝis ĉe la manĝotablo, obsedita de turmentaj pensoj kaj supozoj. Kio okazis? – demandis li sin. Ĉu katastrofo, ĉu amrendevuo, ĉu io pli terura? Sur la tablo, antaŭ li, estis la poŝtelefono. Li gapis ĝin kaj esperis, ke subite ĝi eksonoros, sed la telefono mutis. Tomba silento regis en la kuirejo kaj al Kamen ŝajnis, ke se li daŭrigos tiel senmove sidi ĉe la tablo, certe freneziĝos.

어머니들은 항상 자식들에게 나쁜 일이 일어날 수 있다고 생각한다.

"아닙니다."

카멘은 장모님을 안정시키려고 말했다.

"아마 마리아는 친구 집에 갔을 거예요. 그래서 조금 늦는 걸 거예요."

그러나 더 불안해지고, 더 당황했다. 이게 무슨 상황인지 알지 못했다. 마리아는 편집실에도, 부모님 집에도 없다. 전화도 하지 않는다.

그렇지만 카멘은 마리아가 숨겨둔 애인과 있다고 믿고 싶지 않았다. 징그러운 쥐처럼 정신을 갉아먹는 이런 짐작들이 떠오르기 시작할지라도.

소파에서 아빠 옆에 누워 TV를 보고 있던 케티는 벌써 잠이 들었다. 카멘은 조심해서 케티를 팔로 안아 아이 침실로 데리고 가, 침대 위에 눕혔다. "잘 자라, 우리 딸"이라고 말하면서 속삭였다.

"내일 아침에 일어나면 엄마에게 뽀뽀하렴."

옷장에서 이불을 꺼내 덮어주고, 아이 방 불을 끄고 조용히 나왔다.

부엌 식탁에 앉아 온갖 추측에 빠졌다. 고통스러웠다. 정말 무슨 일이 일어난 건지 궁금했다. 사고인가? 밀회(密會)인가? 뭔가 더 무서운 일인가?

식탁 위에 휴대전화가 놓여 있었다. 갑자기 전화벨이 울리기를 바랐지만 조용했다. 무덤 같은 적막함이 부엌에 가득 찼다. 조금도 움직이지 않고 식탁에 계속 앉아 있으면 분명히 미칠 것 같았다.

Li ne kuraĝis eliri el la loĝejo, ĉar Keti restos sola kaj se hazarde ŝi vekiĝos, ege timiĝos. Pro la forta streĉeco kaj maltrankvilo, lia kapo terure doloris. Kelkfoje li stariĝis kaj nervoze paŝis tien-reen kiel arestito en malvasta ĉelo.

Ekstere komencis mateniĝi. Iom post iom la nokta obskuro malaperis kaj la forta pluvo ĉesis. Kamen estis kiel ŝtonigita. Li devis veki Keti kaj pretigi ŝin por la infanĝardeno, sed ne havis fortojn moviĝi.

집에서 나갈 용기는 없었다. 케티가 혹시라도 깬다면 몹시 무서워하기 때문이다.

극심한 긴장과 불안감 때문에 머리는 깨질 듯 아팠다. 여러 차례 일어났다가 앉기도 하고, 좁은 창고에 갇힌 사람처럼 신경질적으로 이쪽저쪽 서성거렸다.

창문 밖에는 아침이 시작됐다. 조금씩 밤의 어둠이 사라지고 거센 비가 멈췄다. 카멘은 돌이 된 것처럼 굳었다. 케티를 깨워 어린이집에 갈 준비를 해야 하지만 움직일 힘이 전혀 없었다.

2.

Serĝento Eftim Mikov ŝatis sian laboron. Jam, kiam li estis knabo, li revis iĝi policano. Nun li ne bone memoris kio en la infaneco logis lin esti policano, ĉu la uniformo, ĉu la pistolo, kiun ĉiu policano havis, aŭ eble la respekto al la policanoj. Kiam Eftim estis en la baza lernejo, al la instruistoj kaj al siaj samklasanoj li ĉiam diris: "Mi iĝos policano." Liaj gepatroj ridetis, ĉar opiniis, ke tio estas infana inklino, sed Eftim vere iĝis policano. Post la fino de la gimnazio li komencis studi en la altlernejo por policanoj kaj estis unu el la perfektaj studentoj. Kiam Mikov eklaboris ĉe la polico, liaj ĉefoj tuj rimarkis, ke li estas diligenta, sperta, strikte plenumis ĉiujn ordonojn kaj ĉiam tre atente analizis la komplikajn kazojn. Mikov laboris en la plej respondeca fako – krimo, kie oni devis esplori la kialojn de la murdoj kaj trovi la murdistojn.

Hema, la edzino de Eftim, ne ŝatis lian laboron kaj en la unuaj jaroj post la geedziĝo, ŝi ofte diris al li, ke estus pli bone, se li ŝanĝus sian laboron, tamen poste ŝi rimarkis, ke Eftim estas romantikeca kaj en sia laboro li trovas ĝuste la romantikecon.

Ĉi-nokte Mikov estis deĵoranto en la policejo. Frumatene viro telefonis, ke en kvartalo "Lazuro" okazis murdo.

2장. 당직 미코브 경사

에프팀 미코브 경사는 자기 일을 좋아한다. 어렸을 때부터 경찰관이 되기를 꿈꿨다.

지금은 어린 시절 왜 자신이 그토록 경찰이 되고 싶었는지 다 잊었다. 제복 때문인지 아니면 총 때문인지 아니면 아마도 경찰관에 대한 존경심 때문인지 잘 기억하지 못한다.

에프팀이 초등학생이었을 때, 선생님이나 동급생에게 항상 말했다.

"나는 경찰이 될 거야!"

부모님은 단순히 어린이의 가벼운 말이겠거니 하며 웃어 넘겼지만, 에프팀은 정말 경찰이 되었다. 고등학교 졸업 후 경찰이 되기 위한 고등교육원에 진학해 우수한 학생이 되었다.

미코브가 경찰서에서 일할 때, 상관들은 그가 부지런하고, 경험이 많고, 명령을 정확하게 수행하고, 항상 주의 깊게 복잡한 사건들을 분석한다는 것을 금세 알 수 있었다. 미코브는 가장 책임이 큰 부서이자 살인 동기를 분석하고 살인 범죄자를 찾는 범죄과에서 근무했다.

에프팀의 아내 **헤마**는 그 일을 좋아하지 않았다.

결혼하고 처음 몇 년간 직업을 바꿨으면 했지만, 낭만적인 남편은 그 일에서 낭만을 얻고 있었다.

오늘 밤에 미코브는 경찰서에서 당직 근무자다.

이른 아침에 어떤 남자가 전화해서 '라주로' 지역에서 살인 사건이 발생했다고 말했다.

La viro diris, ke irante al la laborejo, en la parko, tra kiu kutime li pasas, vidis murditan virinon. Kiam komisaro Silikov venis en la policejon, Mikov tuj informis lin, renkontante la komisaron ĉe la pordo de la policejo.

-Bonan matenon, sinjoro komisaro.

-Bonan matenon. Ĉu estas novaĵoj? ‒ demandis Silikov.

-Jes ‒ respondis Mikov. ‒ Estas murdita juna virino.

-Kie?

-En loĝkvartalo "Lazuro".

-Kiam?

-Ĉi-nokte ‒ diris Mikov.

-Kiu trovis ŝin?

-Iu viro telefonis. La murdo okazis en parko antaŭ la sepetaĝa domo 40. La viro telefonis al ni.

-Ĉu la esplorgrupo jam estas tie? ‒ demandis Silikov.

-Jes. Ili atendas vin.

-Bone. Tuj ni iros. Voku Ivan, la ŝoforon.

Mikov elprenis sian poŝtelefonon kaj telefonis al la ŝoforo. Post kelkaj minutoj la aŭto estis antaŭ la policejo. Silikov kaj Mikov eniris ĝin kaj ekveturis al loĝkvartalo "Lazuro".

Malgranda parko kun kelkaj infanludiloj, tri benkoj, du arboj ‒ maljuna saliko kaj kaŝtanarbo, arbustoj.

그 남자는 출근할 때 공원을 가로질러 가는데 살해당한 여자를 봤다고 말했다.

실리코브 위원이 경찰서에 출근했을 때 미코브는 경찰서 문 앞에서 그를 만나 즉시 보고했다.

"안녕하십니까? 위원님!"

"안녕, 새로운 소식이 있나?" 실리코브가 물었다.

"예." 미코브가 대답했다.

"젊은 여자가 살해당했습니다."

"어디서?"

"라주로 주거지역입니다."

"언제?"

"어젯밤입니다." 미코브가 대답했다.

"누가 발견했나?"

"어떤 남자가 전화했습니다.

살인은 공원에서 7층 건물 40번 앞에서 일어났습니다.

남자가 우리에게 전화했습니다."

"수사팀은 이미 거기에 있나?" 실리코브가 물었다.

"예, 위원님을 기다리고 있습니다."

"좋아, 바로 출발하자. 운전사 **이반**을 불러!"

미코브는 휴대전화를 꺼내 운전사에게 전화했다.

몇 분 후, 차가 경찰서 앞에 섰다.

실리코브와 미코브는 차를 타고 라주로 주거지역으로 출발했다.

작은 공원에는 어린이 놀이 기구 몇 개와 벤치 3개, 오래된 버드나무와 밤나무, 그리고 수풀이 우거져 있다.

La korpo de la murdita virino troviĝis proksime al la salikarbo.

Silikov proksimiĝis al la arbo. La policanoj, kiuj staris ĉirkaŭe salutis la komisaron. Silikov alrigardis unu el ili kaj demandis:

-Kion vi konstatis, serĝento Kalev?

Serĝento Kalev, tridek-kvin-jara, svelta, forta junulo kun helbluaj okuloj turnis sin al la komisaro kaj ekparolis:

-La viktimo estas tridek-jara, nomiĝas Maria Kirilova, loĝas en la domo, kontraŭ la parko, numero 40, enirejo 2, etaĝo 5. La murdisto certe kaŝis sin malantaŭ la salikarbo kaj kiam ŝi proksimiĝis, li pafis. La distanco inter li kaj ŝi estis nur unu metro kaj duono. La unua kuglo trafis la bruston de la virino. La dua kuglo estis pafita en la kapon.

Silikov klinis sin kaj esploris la korpon de Maria.

-Bela ŝi estis – diris li.

La kuglo trafis la dekstran okulon kaj ŝia longa nigra hararo estis sanga. La helverda pluvmantelo, kiun ŝi surhavis, estis malbutonumita kaj videblis ruĝa robo, iom mallonga, kiu malkovris belajn krurojn en elegantaj nigraj ŝuoj kun kalkanumoj.

-La murdisto surprizis ŝin kaj ŝi ne povis reagi – diris Silikov.

-Jes – kapjesis serĝento Kalev.

살해당한 여자의 시체는 버드나무 가까이 있었다.

실리코브는 나무에 가까이 다가갔다.

주위에 있던 경찰관들이 위원에게 인사했다.

실리코브는 그들 중 한 명을 쳐다보고 물었다.

"무엇을 확인했나? **칼레브** 경사!"

홀쭉하고 튼튼한 체격, 그리고 밝고 파란 눈동자를 가진 칼레브 경사가 위원에게 몸을 돌리고 말을 꺼냈다.

"희생자는 **마리아 키릴로바**이고 30세입니다. 공원 건너편 건물 40번 2번 출입구 5층에 살고 있습니다. 살인자는 분명히 버드나무 뒤에 숨어 있다가 여자가 가까이 왔을 때 총을 쏘았습니다. 두 사람의 거리는 겨우 1m 50cm 정도입니다. 첫발은 여자의 가슴을 쏘았고 두 번째 총알은 머리를 쏘았습니다."

실리코브가 고개를 숙여 마리아의 몸을 살폈다.

"미인이군."

실리코브가 말했다. 총알이 오른쪽 눈을 관통한 탓에 검은색 긴 머리카락이 피에 젖어 있었다.

밝고 푸른 비옷을 입었는데, 단추가 잠겨 있지 않아서 조금 짧은 **빨간** 외투와 우아한 검은 하이힐을 신은 예쁜 다리가 보였다.

"살인자가 여자를 놀라게 해서 대항할 수 없었군."

실리코브가 말했다.

"예."

칼레브 경사가 동의했다.

-La celo ne estis perforti ŝin, nek prirabi. Li pafis kaj forkuris – daŭrigis la komisaro. – Nun nia tasko estas kompreni kial li mortpafis ŝin kaj trovi lin. Ĉu vi informis ŝiajn parencojn? Certe ŝi havas gepatrojn, edzon⋯ – demandis Silikov.

-Ne. Ni atendis vin. En la mansaketo estas ŝiaj persona legitimilo kaj ĵurnalista karto. De la legitimilo ni eksciis kie ŝi loĝas, de la ĵurnalista karto – kie ŝi laboras – ĉe la tagĵurnalo "Telegrafo" – klarigis serĝento Kalev.

-Bone. Kalev kaj Mikov iru en la loĝejon informi ŝiajn parencojn pri la tragedio – ordonis Silikov. – Poste mi parolos kun ili.

-Jes – unuvoĉe respondis Mikov kaj Kalev.

Silikov turnis sin al la aliaj policanoj.

-Vi scias viajn taskojn. Konstatu per kia pistolo estis mortpafita kaj analizu la spurojn. Bedaŭrinde, ke hieraŭ nokte tre forte pluvis kaj verŝajne ne estas spuroj. Faru liston kun la nomoj de ĉiuj ŝiaj konatoj, gekolegoj, parencoj⋯ Mi pridemandos ilin.

Silikov vokis Ivan, la ŝoforon, eniris la aŭton kaj ekveturis al la policejo. Dum la veturado li silentis, rigardante la stratojn, la domojn, preter kiuj pasis la aŭtoj. Kvardek-kvin-jara, dum sia dudek-jara laboro en la krimpolico li vidis multajn murdojn, serĉis kaj trovis la murdistojn.

"목적은 강간이나 강도가 아니군. 총을 쏘고 달아났어."
위원이 계속 말했다.

"이제 우리 일은 여자를 왜 총으로 쏴 죽였는지와 그 살인자를 찾는 것이다. 가족에게는 알렸나? 분명 부모님이나 남편이 있을 텐데." 실리코브가 물었다.

"아닙니다. 위원님을 기다렸습니다. 핸드백에 신분증과 기자증이 있었습니다. 신분증을 보고 어디 사는지 알았고, 기자증을 보고 일간 신문사 텔레그라포에서 일하는 것을 알았습니다."
칼레브 경사가 설명했다.

"좋아, 칼레브 경사와 미코브 경사는 이 비극을 가족에게 알리도록 집으로 가게."
실리코브가 명령했다.

"나중에 내가 그들과 이야기하겠어."

"예."
한목소리로 미코브 경사와 칼레브 경사가 대답했다.

실리코브는 다른 경찰관들에게 몸을 돌렸다.

"당신들은 어떤 총이 살인에 쓰였는지 확인해. 흔적들을 분석해. 유감스럽게도 어젯밤에 아주 강한 비가 와서 흔적이 전혀 없어. 그리고 여자의 모든 지인, 동료, 친척의 명단을 목록으로 만들어. 내가 심문할 테니까."

실리코브는 운전사를 불러 차에 타고 경찰서로 출발했다. 가는 동안 차로 지나치는 거리와 건물들을 바라보면서 생각에 잠겼다.

45세인 실리코브는 20년 동안 범죄 분야에서 일하는 동안 많은 살인 사건을 보았고, 살인자를 찾았다.

Plurajn el la murdistoj li sukcesis trovi kaj sendi en la malliberejon, sed estis kelkaj, kiujn li ne trovis kaj tio ankoraŭ turmentis lin. Nun Silikov kvazaŭ ankoraŭ vidis la murditan Maria-n, ŝian blankan teneran vizaĝon, la etajn lipojn, iom malfermitajn. Ŝajne antaŭ la ekpafo de la pistolo ŝi provis ekkrii. Ŝiaj delikataj brovoj similis al etaj lunarkoj. La traborita dekstra okulo estis terura.

Kio igis la murdiston mortpafi ŝin? Ĉu temas pri ĵaluzo, pri pasia nereciproka amo aŭ pri io, kion malfacile oni divenos? Tiuj ĉi demandoj okupis la meditojn de Silikov, simile al impertinentaj rabobirdoj, kiuj atakas lin.

La aŭto haltis antaŭ la policejo, Silikov eliris kaj direktiĝis al sia kabineto.

살인자 중 여럿을 체포해 감옥에 보냈다.

그러나 아직 찾지 못한 사람도 몇 명 있어, 그 부분이 여전히 그를 괴롭힌다.

실리코브는 죽은 여자의 하얗고 부드러운 얼굴, 조금 열린 작은 입술을 떠올렸다. 총이 발사되기 전에 분명 여자는 소리를 지르려고 했을 것이다. 여자의 섬세한 눈썹은 마치 초승달 모양을 닮았다. 관통해 버린 오른쪽 눈은 참혹했다. 무엇 때문에 살인자가 여자를 총으로 쏘아 죽였을까? 질투인가? 뜨거운 짝사랑인가? 쉽게 짐작할 수 없는 그 무엇인가?

이런 질문들이, 공격해오는 무례한 맹금(猛禽)처럼 실리코브 머릿속을 차지했다.

자동차는 경찰서 앞에 멈추고, 실리코브는 차에서 나와 사무실로 향했다.

3.

La serĝentoj Kalev kaj Mikov eniris en la sepetaĝan domon, numeron 40 kaj per la lifto supreniris al la kvina etaĝo, kie estis apartamento 25, en kiu loĝis Maria. Kalev sonoris ĉe la pordo. Post sekundoj la pordo malfermiĝis kaj antaŭ ili ekstaris Kamen.

–Bonan matenon – salutis Kalev.

Per larĝe malfermitaj okuloj, esprimantaj teruron kaj timon Kamen alrigardis la policanojn.

–Kio okazis? – kridolore demandis li.

–Bonvolu permesi, ke ni eniru – petis Kalev.

Kamen senvorte pli larĝe malfermis la pordon kaj Kalev kaj Mikov iris enen.

–Venu en la kuirejon – murmuris perpleksa li – la filineto ankoraŭ dormas.

Ili eniris la kuirejon.

–Bonvolu sidiĝi – preskaŭ ordonis Kalev al Kamen.

Kamen malrapide sidiĝis ĉe la tablo, rigardante streĉe la policanojn.

Mikov kaj Kalev staris kontraŭ li. Malrapide Kalev ekparolis:

–Ĉu vi estas la edzo de Maria Kirilova?

–Kio okazis al ŝi? – eksaltis Kamen de la seĝo. Lia vizaĝo blankis kiel kreto kaj liaj manoj tremis kiel folioj, lulitaj de forta vento.

3장. 마리아의 남편 심문(審問)

칼레브 경사와 미코브 경사는 7층 건물 40번으로 들어갔다. 엘리베이터를 타고 마리아가 사는 25호 아파트가 있는 5층으로 올라갔다. 칼레브 경사가 문에서 초인종을 눌렀다. 잠시 후, 문이 열리고 카멘이 그들 앞에 섰다.

"안녕하세요." 칼레브 경사가 인사했다.

카멘은 경찰관들을 쳐다봤다. 동그랗게 뜬눈엔 두려움과 무서움이 가득했다.

"무슨 일이시죠?" 경직된 목소리로 물었다.

"우리가 안으로 들어가게 해 주십시오."

칼레브 경사가 요청했다. 카멘이 말없이 문을 넓게 열자 칼레브와 미코브는 안으로 들어갔다.

"부엌으로 오세요."

당황한 카멘이 우물거리며 말했다.

"딸이 아직 자고 있거든요."

그들은 부엌으로 들어갔다.

"앉으십시오!"

칼레브가 카멘에게 거의 명령하듯 말했다. 카멘이 경찰관을 긴장하며 바라보면서 천천히 탁자 옆에 앉았다. 미코브와 칼레브는 그 앞에 섰다. 천천히 칼레브가 말을 꺼냈다.

"마리아 키릴로바 씨 남편 되십니까?"

"아내에게 무슨 일이 있나요?"

카멘이 의자에서 벌떡 일어났다. 얼굴은 분필처럼 하얗고 손은 세찬 바람에 흔들리는 꽃잎처럼 떨렸다.

Li fermis okulojn kaj ŝanceliĝis.

–Ĉi-nokte iu murdis ŝin··· – malrapide funebrovoĉe diris Kalev.

Kamen sidiĝis sur la seĝon, kvazaŭ iu forhakis lin kaj dolore li ekkriis:

–Ĉu!

–Jes – kapjesis Mikov.

–Kiu murdis ŝin? – alrigardis ilin terure li.

–Ni ankoraŭ ne scias···

–Kie?

–Antaŭ via domo, en la parko kun la infanludiloj – klarigis Mikov.

Kamen klinis kapon kaj senvoĉe ekploris. Estis turmente rigardi la ploradon de tridek-tri-jara viro. Varmaj larmoj fluis sur liajn nerazitajn vangojn kaj li singultis kiel senhelpa knabo.

–Akceptu niajn sincerajn kondolencojn – diris Kalev. – Ni profunde bedaŭras, sed ni devas starigi al vi kelkajn demandojn.

Kamen levis kapon. En liaj nigraj okuloj, similaj al du obskuraj truoj, videblis dolora tristo kaj senlima despero. Lia pala vizaĝo similis al marmora plato kaj humida tufo de lia ŝvita densa hararo falis sur la frunton.

–Ĉu Maria konfliktis kun iu? Ĉu iu minacis ŝin? – demandis Kalev.

눈을 감고 비틀거렸다.

"어젯밤에 누가 부인을 살해했습니다."

칼레브가 천천히 애도하는 목소리로 말했다. 카멘은 마치 누군가가 나무 밑동을 자른 것처럼 의자 위에 주저앉았다. 그리고 고통스럽게 소리 질렀다.

"정말요?"

"예." 미코브가 맞다고 머리를 끄덕였다.

"누가 죽였나요?"

카멘은 무섭게 그들을 바라보았다.

"아직 모릅니다."

"어디서요?"

"집 앞에서요. 어린이 놀이터가 있는 공원에서."

미코브가 설명했다. 카멘은 머리를 숙이고 말없이 울기 시작했다. 울고 있는 33세 남자를 바라보는 것은 고통스러운 일이다. 뜨거운 눈물이 아직 면도하지 않은 뺨 위로 흘러내리고 힘없는 어린이처럼 흐느꼈다.

"우리들의 진실한 애도를 받아 주십시오."

칼레브가 말했다.

"심히 유감입니다만 몇 가지 질문을 해야만 합니다."

카멘은 고개를 들었다. 희미한 두 개의 구멍 같은 검은 눈에서 고통의 슬픔과 끝이 없는 절망을 보았다. 창백한 얼굴은 대리석 판 같고, 땀에 젖은 무성한 머리카락 중 물기 먹은 한 다발이 이마 위에 떨어져 있다.

"부인이 누군가와 다투었습니까? 누군가가 부인을 협박했습니까?" 칼레브가 물었다.

-Ne! - respondis mallaŭte Kamen. - Ŝi estis tre bona edzino kaj patrino. Ŝin amis ĉiuj gekolegoj, amikinoj, parencoj⋯ Ĉiam ŝi estis ridetanta, helpis la homojn, estis kara, afabla⋯ - kaj Kamen denove ekploris senvoĉe. - Nun, kion mi faru - diris li. - Nia filineto, Keti, restis sen patrino⋯

-Kiom-jara estas la filino? - demandis Mikov.

-Nur kvin-jara - respondis Kamen. - Ŝi frekventas infanĝardenon.

-Ĉu hieraŭ vespere Maria telefonis al vi? - demandis Kalev.

-Ŝi ne telefonis - respondis li. - Mi tutan nokton atendis ŝin. Mi estis certa, ke ŝi telefonos.

-Mi petas vian telefonnumeron - diris Kalev. - Ni telefonos al vi kaj diros kiam vi povos transpreni la korpon por la entombigo.

Kamen diktis la telefonnumeron kaj Kalev skribis ĝin en eta notlibreto.

-Ni foriros - diris Kalev.

Li kaj Mikov forlasis la loĝejon.

Kamen restis sidanta ĉe la kuireja tablo. "Maria, flustris li, kial tiel subite vi forlasis min, kiu estas tiu monstro, kiu murdis vin kaj kial? Neniun vi ofendis, al neniu eĉ malbonan vorton vi diris. Vi estis tiel kara, nobla⋯

"아니요." 조그맣게 카멘이 대답했다.

"아내는 아주 훌륭한 아내였고 엄마였어요. 직장동료, 친구, 친척들이 모두 사랑했죠. 항상 웃으면서 사람들을 도와주고 친절하고 상냥했어요."

카멘은 다시 소리 없이 울음을 터트렸다.

"이제 내가 무엇을 해야 하지? 우리 작은 딸 케티는 엄마 없이 살아야 해." 카멘이 말했다.

"따님은 몇 살입니까?" 미코브가 물었다.

"이제 다섯 살이요." 카멘이 대답했다.

"어린이집에 다니고 있어요."

"어젯밤에 부인이 전화했습니까?" 칼레브가 물었다.

"전화하지 않았어요." 카멘이 대답했다.

"밤새 아내를 기다렸어요. 전화할 것이라고 확신했으니까요."

"선생님의 전화번호를 알려 주십시오." 칼레브가 말했다.

"전화 걸어서 장례식을 위해 부인의 시신을 언제 인수할 수 있는지 말씀드리겠습니다."

카멘은 전화번호를 또박또박 부르고 칼레브는 작은 수첩에 그것을 적었다.

"이만 가 보겠습니다." 칼레브가 말했다.

칼레브와 미코브는 아파트를 떠났다. 카멘은 부엌 탁자 옆에 앉아 있다.

"여보, 왜 그렇게 갑자기 나를 떠났나요? 어떤 괴물이 당신을 죽였나요? 왜? 당신은 누구도 괴롭힌 적이 없는데, 나쁜 말조차도 한 적이 없는데 당신은 친절하고 상냥했는데…

Ĉu ekzistas alia virino kiel vi kaj ĉu mi estis bona edzo? Tre malofte mi diris, ke mi amas vin. Ĉu vi sentis, ke mi amas vin? Sen vi mi ne povas vivi. Bedaŭrinde nun mi komprenas kiom multe mi deziris diri al vi kaj mi ne diris. Neniam mi parolis al vi pri miaj sentoj, pri miaj duboj, pri miaj timoj. Neniam mi demandis vin kion vi bezonas, pri kio vi revas, kio ĝojigas vin. Mi deziris, provis ĝojigi vin, sed nun mi tute ne certas ĉu vi vere estis ĝoja, ĉu estis feliĉa? "

Kiel filmo antaŭ liaj okuloj komencis moviĝi epizodoj kaj bildoj el ilia familia vivo. Neniam li forgesos la ekskurson al Hispanio, antaŭ kvin jaroj. Tiam ili ankoraŭ ne estis geedzoj. En hotelo "Azul", en la ripozejo Marina d' Or ili pasigis dek mirindajn majajn tagojn. Belega, suna estis la vetero. Mediteranea Maro, simila al senfina silka tolo, karesis la okulojn. Kamen kaj Maria, starantaj sur la bordo, longe senvorte kontempladis la maran bluon. Bela parko vastiĝis ĉe la mara bordo kun floraj bedoj, verdaj herbejoj. Ili promenadis man'-en-mane kaj ŝajne en tiu ĉi mirakla loko ili estis solaj. Soife kisis unu la alian kaj planis la edziĝfeston, kiu okazos post ilia reveno.

–Mi deziras havi tri infanojn – diris ĝoje Maria.

–Ne tri, sed kvin – korektis ŝin Kamen.

당신 같은 여자가 어디 있을까? 나는 좋은 남편이었나? 아주 가끔 당신을 사랑한다고 말했지. 내가 당신을 사랑하는지 느꼈나요? 당신 없이 나는 살 수 없어요. 유감스럽게도, 얼마나 많이 말하고 싶었지만 말하지 못한 것을 이제야 알았어요. 나는 결코 당신에게 나의 감정, 나의 의심, 나의 두려움에 관해 말하지 않았어요. 결코, 무엇을 원하는지? 무엇을 꿈꾸는지? 무엇이 당신을 기쁘게 하는지 물어보지 않았어요. 당신을 기쁘게 해 주고 싶었는데… 지금 나는 당신이 기뻤는지 행복했는지 전혀 확신할 수 없어요."

영화처럼 눈앞에 가정생활의 여러 일화와 그림들이 지나갔다.

5년 전 스페인 여행을 결코 잊을 수 없다. 그때는 아직 결혼하기 전이었다. **마리나 도르** 휴양지에 있는 **아주** 호텔에서 5월의 열흘간 놀라운 시간을 보냈다. 햇빛이 나는 아주 좋은 날씨였다. 끝없는 비단 천을 닮은 지중해가 우리 눈을 어루만져 주었다. 마리아는 카멘과 함께 해변에 서서 오래도록 말없이 파란 바다를 쳐다보았다. 바닷가에 꽃 화단과 푸른 풀밭이 있는 예쁜 공원이 넓게 퍼져 있다. 그들은 서로의 손을 잡고 산책했는데, 기적같이 놀라운 이 곳에 마치 그들만 있는 것 같았다. 목이 마른 듯 서로에게 키스하고 돌아간 다음에 치를 결혼식을 계획했다.

"나는 세 명의 자녀를 갖고 싶어요."
마리아가 기쁘게 말했다.
"세 명이 아니라 다섯 명." 카멘이 수정했다.

-Unue tri kaj poste eble kvin – ridis ŝi.

La rideto montris ŝiajn blankajn kiel porcelano dentojn kaj briligis ŝiajn nigrajn okulojn.

"Ĉu vere ni estis en Marina d' Or aŭ mi nur sonĝis, demandis sin Kamen." En tiu ĉi momento li deziris revenigi la tempon, kisi Maria-n sur la mediteranea mara bordo, promenadi, pensi pri nenio, esti kiel laro, senzorge fluganta super la ondoj.

Kamen rememoris la tagon, kiam konatiĝis kun Maria. Tiam li estis juna instruisto. Liaj lernantoj partoprenis en internacia matematika konkurso kaj gajnis premiojn. Iliaj matematikaj sukcesoj iĝis famaj kaj en la lernejon venis juna ĵurnalistino por intervjui Kamen-on. La ĵurnalistino estis Maria. Kamen tre bone memoris la momenton, kiam vidis ŝin. Maria havis longaj nigraj haroj, blanka kiel lakto vizaĝo kaj okuloj, kies rigardo ebriigis lin. Estis printempo kaj ŝi surhavis blankan bluzon kaj verdan jupon. En tiu printempa tago Maria similis al feino, kiu eliris el iu fabelo. Ŝi demandis Kamen-on pri lia instrumetodo, sed li ne povis koncentriĝi kaj respondis supraĵe. Dum la tuta intervjuo Kamen pensis nur pri ŝia beleco kaj ĉarmo kaj kiel proponi al ŝi, ke ili denove renkontiĝu.

-Kiel vi sukcesas tiel bone instrui viajn lernantojn? – demandis Maria.

"처음에 세 명, 나중에 가능하면 다섯 명."

마리아가 웃었다.

살짝 웃으니 도자기처럼 하얀 이빨이 보이고, 그녀의 검은 눈이 빛났다.

"정말 우리가 마리나 도르에 있었는가? 아니면 내가 꿈을 꾸고 있나?"

카멘은 궁금했다.

이 순간 지중해 해안가에서 마리아에게 키스하고 산책하고, 아무 걱정 없이 파도 위에서 나는 갈매기처럼 아무것도 생각하지 않는 그때로 돌아가고 싶었다.

마리아랑 처음 알게 된 날을 기억했다.

그때 그는 젊은 선생이었다. 담당학생들이 국제 수학 경시대회에 참가해 최고상을 받았다.

그 결과가 유명해지면서 카멘을 인터뷰하러 학교에 젊은 여기자가 찾아왔다. 그 여기자가 마리아였다.

카멘은 마리아를 본 순간을 또렷이 기억했다. 검은 긴 머리카락에 우유처럼 하얀 얼굴, 그리고 카멘을 취하게 만드는 눈길의 눈. 그때는 봄이었고 그녀는 하얀 블라우스와 푸른 치마를 입었다. 그런 봄날에 마리아는 어느 동화책에 나오는 요정 같았다.

마리아는 카멘에게 가르치는 방법을 질문했지만 집중할 수 없어 피상적으로만 대답했다.

인터뷰하는 내내 카멘은 그녀의 아름다움과 매력에 빠져 다시 만나자고 어떻게 제안할까 궁리했다.

"어떻게 그렇게 학생들을 잘 가르쳤습니까?"

마리아가 질문했다.

-Se vi deziras lerni matematikon, mi montros al vi ˉŝercis li.

Maria promesis telefoni al li, kiam aperos la ĵurnala numero kun la intervjuo. Post du semajnoj ŝi telefonis kaj proponis, ke ili renkontiĝu kaj ŝi donos la numeron, en kiu estas la intervjuo. La saman tagon ili renkontiĝis en kafejo "Printempo". Tiam ili longe konversaciis pri diversaj temoj. Poste iliaj renkontiĝoj iĝis regulaj.

La pordo de la kuirejo malfermiĝis kaj eniris Keti.

-Paĉjo, - diris ŝi.

-Ho, vi vekiĝis ˉ ĉirkaŭbrakis ŝin Kamen.

-Ĉu ni iros en la infanĝardenon? ˉ demandis la knabino.

-Hodiaŭ vi ne iros ˉ diris li.

-Kial? ˉ mire alrigardis lin ŝi.

Kamen silentis, ne sciis kion diri.

-Kie estas panjo? ˉ demandis Keti.

Li karesis ŝiajn molajn harojn, denove larmoj plenigis liajn okulojn kaj post minuto li ekparolis:

-Ŝi forveturis.

-Kien?

-Tre malproksimen⋯

-Kien? ˉ denove demandis ŝi.

-Al la anĝeloj ˉ diris li.

La knabino alrigardis lin per larĝe malfermitaj okuloj.

"수학을 배우기 원하신다면 직접 보여드릴게요."

카멘이 농담했다. 마리아는 인터뷰 내용이 담긴 신문이 언제 나올 것인지 전화하겠다고 약속했다.

2주 뒤 그녀는 전화하더니 만나서 인터뷰가 담겨 있는 신문을 주겠다고 제안했다.

같은 날 카페 '**프린템포**(봄)'에서 만났다.

그때 그들은 여러 주제에 대해서 오랫동안 대화했다.

나중에는 더 자주 만났다.

부엌문이 열리고 케티가 들어왔다.

"아빠" 하고 말했다.

"응, 일어났구나." 카멘이 딸을 안아 주었다.

"어린이집에 가야지요?" 케티가 물었다.

"오늘은 가지 않을 거야."

"왜요?"

놀라서 아빠를 쳐다봤다.

카멘은 뭐라고 말할지 알지 못해 조용했다.

"엄마는 어디 있어요?"

케티가 물었다. 카멘은 그녀의 부드러운 머리카락을 쓰다듬으면서 다시 눈에는 눈물이 가득 차고, 얼마 있다가 말을 꺼냈다.

"엄마가 멀리 여행을 갔어요."

"어디로요?"

"아주 먼 곳으로."

"어디로요?" 그녀가 다시 물었다.

"천사에게." 아빠가 말했다.

어린 여자아이는 동그랗게 뜬 눈으로 아빠를 쳐다보았다.

-Ĉu hodiaŭ ŝi revenos?

-Iam ŝi nepre revenos. Nun ni devas iri al la geavoj kaj diri al ili, ke panjo forveturis – diris Kamen.

Li ĉirkaŭbrakis kaj levis ŝin.

"오늘 돌아오시나요?"

"언젠가 꼭 돌아올 거야. 우리는 지금 할아버지 집에 가서 엄마가 떠났다고 말씀드려야 해."

카멘이 말했다. 그는 딸을 끌어안아 들어 올렸다.

4.

La serĝentoj Kalev kaj Mikov paŝis sur la ŝtuparo al la malsupraj etaĝoj.

-Kion vi opinias, ĉu la edzo mem mortpafis ŝin? - demandis Mikov.

Kalev haltis kaj rigardis lin. Post iom da hezito li diris:

-Ĉio estas ebla. Similaj murdoj okazas pro ĵaluzo. Povas esti, ke Maria Kirilova kokris lin kaj li elektis oportunan momenton por murdi ŝin. Ŝi malfruis de la laborejo, estis mallumo, pluvis, ne estis homoj ekstere, li embuskis ŝin kaj pafis. Tamen ni devas pruvi tion. Li surpriziĝis, kiam ni informis lin pri la murdo.

-Iuj estas bonaj aktoroj - diris Mikov. - Verŝajne li atendis nin kaj zorge preparis sian konduton antaŭ ni.

-Mi ne estas certa. Eĉ la plej bona aktoro ne povas tiel reagi - kontraŭdiris Kalev.

- Ni demandu iujn najbarojn. Eble iuj aŭdis ion aŭ scias ion pri ilia familio.

Sur la kvara etaĝo Kalev sonoris ĉe la pordo de la apartamento, kiu estis sub la apartamento de Kamen.

4장 아파트 이웃 심문(審問)

칼레브 경사와 미코브 경사는 아래쪽으로 내려가는 계단을 걸어갔다.

"남편이 아내를 죽였다고 생각하시나요?"

미코브 경사가 물었다.

칼레브 경사는 멈춰 미코브 경사를 쳐다보았다.

조금 지나 말을 꺼냈다.

"모든 가능성은 있어. 이런 살인 사건들은 질투 때문에 발생하지.

마리아 키릴로바가 바람을 펴서 남편이 죽이기에 편리한 그 시간을 선택했을 수도 있어.

아내가 직장에서 늦게 퇴근하고 어둡고 비는 내리고 밖에 사람들은 없으니 매복했다가 총으로 쏘았을 수도 있지. 하지만 우리는 그 사실을 입증해야만 해.

우리가 살인 사건을 알렸을 때 남편이 깜짝 놀랐거든."

"사람들은 누구나 좋은 배우예요."

미코브 경사가 말했다.

"우리를 기다렸고 우리 앞에서 조심스럽게 행동했어요."

"나는 그가 범인이라고 생각하지 않아.

아무리 좋은 배우라도 그렇게 반응하지 않아."

칼레브 경사가 반박했다.

"이웃 사람에게 물어봐요. 아마 누군가는 무엇을 들었을지도 모르고 그 가정에 대해 무언가 알고 있을 거예요."

4층에서 칼레브 경사는, 카멘이 사는 아파트 바로 밑 아파트 문의 초인종을 눌렀다.

Malfermis la pordon maljuna virino, verŝajne pensiulino.

-Bonan tagon - salutis Kalev.

-Bonan tagon. Kio okazis? - time demandis la virino, kiam vidis la policanojn.

-Ni estas serĝentoj Marin Kalev kaj Eftim Mikov - diris Kalev. - Ni deziras starigi al vi kelkajn demandojn.

-Nenion mi scias, pri neniu mi interesiĝas. Mi tute ne okupiĝas pri la najbaroj en la domo - provis eviti la demandojn la virino.

-Tiam ni oficiale vokos vin al la policejo kaj devigos vin respondi al la demandoj - avertis ŝin Mikov.

La virino alrigardis lin malafable kaj sendezire diris:

-Bonvolu.

Ambaŭ policanoj eniris la loĝejon, kiu estis vasta, triĉambra, sed modeste meblita per malnovaj mebloj, verŝajne antaŭ multaj jaroj aĉetitaj. La virino enkondukis ilin en la gastoĉambron kaj montris al ili la kanapon.

-Bonvolu sidiĝi - diris ŝi.

Kalev kaj Mikov sidiĝis sur la kanapon kaj la virino kontraŭ ili - sur seĝon. Ŝi estis ĉirkaŭ sepdek-jara kun frizita blanka hararo, pala sulkigita vizaĝo kaj okuloj, kiuj similis al du marĉetoj kun ŝlimeca akvo.

문이 열리고 정말 연금수급자로 보이는 늙은 할머니가 나왔다.

"안녕하십니까!" 칼레브 경사가 인사했다.

"안녕하세요. 무슨 일인가요?"

경찰관을 보고 할머니가 두려워하며 물었다.

"저희는 마린 칼레브 경사와 에프팀 미코브 경사입니다." 칼레브가 말했다.

"몇 가지 질문을 드리고 싶어서요."

"아무것도 흥미가 없으며 아무것도 몰라요. 집에서 이웃에 대해서도 전혀 관심을 두지 않아요."

할머니는 질문을 피하려고 했다.

"공식적으로 경찰서에서 할머니를 소환하면 질문에 대답하셔야만 해요."

미코브가 할머니에게 경고했다. 할머니는 불쾌하게 쳐다보더니 어쩔 수 없이 말했다.

"들어오세요."

두 경찰관이 집으로 들어갔다. 넓어서 방이 세 개지만 정말 수십 년 전에 사들인듯한 오래된 가구가 소박하게 놓여 있다. 할머니는 응접실로 두 사람을 안내하더니 장의자를 가리켰다.

"여기 앉으세요."

할머니가 말했다. 칼레브와 미코브는 장의자에 앉고 할머니는 반대편 의자에 앉았다.

할머니는 약 70세에 검은 파마머리, 창백하여 주름진 얼굴, 진흙탕 물이 있는 작은 늪 같은 두 눈을 가졌다.

-Vi konas familion Kirilov, kiu loĝas sur la kvina etaĝo, ĉu ne – komencis Kalev.

-Jes – tuj respondis la virino. – Ili estas bonaj najbaroj. Maria, la edzino, estas ĵurnalistino kaj Kamen, la edzo, instruisto pri matematiko. Kamen helpas mian nepon pri matematiko. Mi havas genepojn. La nepino, Petja, estas bona lernantino, sed la nepo, Kosta, estas iom pigra.

Kiam vidis la policanojn ĉe la pordo, la virino ne emis konversacii, sed nun komencis detale rakonti pri sia tuta familio kaj Kalev rapidis ĉesigi ŝin.

-Ĉu hazarde vi aŭdis kverelojn en ilia loĝejo?

-Tute ne! – denove tuj respondis la virino – Ili estas tre inteligentaj. Neniam mi aŭdis ilin kvereli. Ĉiam en ilia loĝejo regas silento, eĉ la sonon de ilia televidilo mi ne aŭdas, kiam ĝi funkcias.

-Ĉu Maria Kirilova havis malamikojn en la domo? Ĉu iu najbaro aŭ najbarino malamis ŝin? – insiste alrigardis ŝin Kalev.

-Kion vi diras! – indignis la virino. – Ĉiuj genajbaroj estimas ŝin.

La virino riproĉe alrigardis Kalev kaj dum kelkaj sekundoj nenion diris, sed subite verŝajne ion rememoris kaj iom konfidence daŭrigis:

"5층에 사는 키릴로바 가정을 아시죠? 그렇지요?"

칼레브가 먼저 말을 시작했다.

"예."

할머니가 곧 대답했다.

"그들은 좋은 이웃이지요. 아내 마리아는 기자고, 남편 카멘은 수학 선생이에요. 카멘은 내 손자 수학 공부를 도와줘요. 나는 손자 손녀가 있는데, 손녀 **페타**는 좋은 학생인데 손자 **코스타**는 조금 게을러요."

문에서 경찰관을 볼 때 대화하기를 싫어하더니, 자기 전 가족에 대해 자세히 말하려고 해서 칼레브가 중단시켰다.

"혹시라도 그들 집에서 싸우는 소리를 들었나요?"

"전혀요."

다시 바로 대답했다.

"그들은 매우 교양이 있어요. 한 번도 싸우는 소리를 들은 적이 없어요. 항상 집이 조용해서 TV가 켜져 있어도 그 소리도 안 들려요."

"마리아 씨를 이 건물에서 미워하는 사람이 있나요? 어느 이웃이 마리아 씨를 미워했나요?"

칼레브가 고집스럽게 할머니를 쳐다보았다.

"무슨 소리예요?"

할머니는 화를 냈다.

"모든 이웃이 마리아를 좋아해요."

할머니는 꾸중하듯 칼레브를 바라보고 얼마 동안 아무 말 안 하더니 갑자기 무언가를 기억하고 자신 있게 말을 이었다.

-Kun ŝia bopatrino, Katja, mi estas bona amikino kaj fojfoje Katja plendis, ke Maria tre multe laboras, ofte tre malfrue revenas hejmen, ke ne havas tempon por la dommastraj okupoj kaj Katja devas helpi ŝin. El tiuj ĉi vortoj mi konjektis, ke la bopatrino suspektas, ke eble Maria havas amanton, sed mi certas, ke Maria estas honesta virino. Tamen la bopatrino fieras, ke Maria verkas artikolojn en ĵurnalo.

-Ĉu vi legis artikolojn, verkitajn de Maria? - demandis Mikov.

-Mi nenion legas, nek librojn, nek ĵurnalojn. Mi ne havas tempon kaj tute mi ne scias kiajn artikolojn verkas Maria. Mi ne interesiĝas pri politiko.

Ŝi diris tion kaj denove eksilentis, sed subite ŝi suspekteme alrigardis la serĝentojn kaj iom ruzete demandis:

-Sed kial tiom multe vi demandas pri Maria?

-Ĉi-nokte iu pafmurdis ŝin antaŭ la loĝejo - malrapide diris Kalev.

La virino stuporiĝis. Ŝi alrigardis Kalev per okuloj larĝigitaj pro mirego kaj teruro.

-Ĉu! - ekflustris ŝi.

-Jes - diris Mikov.

Verŝajne la virino ege deziris demandi ankoraŭ ion, sed ne havis forton ekparoli. Ŝia buŝo restis malfermita, kvazaŭ paralizita.

"마리아의 시어머니 **카탸**는 내 친구인데, 며느리가 너무 많이 일해서 자주 늦게 집에 돌아오고 집안일 할 시간이 없어 자기가 도와줘야 한다고 불평했지요. 이 말을 들으니 시어머니가 며느리에게 '아마 애인이 있구나' 의심하는 것으로 추측할 수도 있는데, 며느리를 정직한 여자라고 믿어요. 그리고 시어머니는 며느리가 신문 기사인 점을 자랑스러워해요."

"마리아 씨가 쓴 기사를 읽어보셨나요?"

미코브가 물었다.

"나는 책도 신문도 읽지 않아요. 나는 바빠서 마리아가 어떤 기사를 썼는지도 전혀 몰라요. 정치에는 관심이 없거든요."

이 말을 하고 다시 잠잠했다. 그러나 갑자기 의심스러운 표정으로 경찰들을 보고 약간 의심쩍은 듯한 표정으로 물었다.

"그런데 마리아에 대해 왜 그렇게 많이 묻나요?"

"어젯밤에 누군가가 집 앞에서 마리아 씨를 총으로 쏴 죽였어요."

천천히 칼레브가 말했다. 할머니는 놀라 정신이 멍했다. 놀람과 공포로 커진 눈을 한 채 칼레브를 쳐다보았다.

"정말인가요?"

할머니가 속삭였다.

"예." 미코브가 말했다.

할머니는 무언가 더 묻고 싶었지만, 말을 꺼낼 힘도 없었다. 입은 마비된 듯 벌린 채로 있었다.

-Dankon – diris Kalev. – Ni petas pardonon pro la ĝeno, sed ni jam devas foriri.

Li kaj Mikov ekstaris kaj ekiris al la pordo.

"감사합니다." 칼레브가 말했다.
"폐를 끼쳐서 죄송합니다. 이제 벌써 가 봐야 합니다."
두 사람은 일어서서 문으로 나갔다.

5.

Torente pluvis. Subitaj blindigaj fulmoj tranĉis la pezajn nubojn kaj surdigaj tondroj skuis la urbon. La malvarma pluvego surverŝiĝis kiel furioza akvofalo. Sur la stratoj ekfluis rapidaj riveretoj. Ie-tie estiĝis marĉetoj, kiuj sub la pala strata lumo aspektis kiel asfaltitaj. Kvazaŭ subite la naturo indignis kaj amare ekploris pri la murdo de Maria.

Dako rapidis al la aŭto. Liaj rondĉapelo kaj pluvmantelo estis tute malsekaj, sed li ne zorgis pri tio. Li strebis kiom eble pli rapide eniri la aŭton, kiu troviĝis sufiĉe malproksime de la parko, kie li pafmurdis Maria-n.

Ia kontento kaj trankvilo obsedis lin pro bone plenumita tasko. Jam delonge lin ne turmentis konsciencriproĉo. Por Dako murdi iun estis ordinara laboro, kiun li ĉiam plenumis perfekte kaj senprobleme. Ja, por tiu ĉi laboro li ricevis monon. Dum la lastaj kelkaj jaroj Dako konstatis, ke nur tion li povas la plej bone fari aŭ kiel li kutimis diri al si mem, li havis talenton pri tio. "Ja, ĉiu homo havas ian talenton, meditis ironie li, mia talento estas murdi, sed kompreneble mi ne fanfaronas pri ĝi."

Dako divenis tiun ĉi sian talenton antaŭ kelkaj jaroj.

5장. 살인청부업자 다코

비가 쏟아지듯 내렸다. 갑작스럽게 번쩍이는 번개가 눈을 멀게 할 정도로 무거운 구름을 칼로 자르고 천둥소리가 귀를 먹게 할 정도로 도시를 흔들었다.

차가운 폭우는 성난 폭포처럼 땅 위로 쏟아져 내렸다. 도로에는 빠르게 흐르는 작은 개울이 흐르고 있다.

여기저기에 조그마한 늪이 생기고 희미한 가로등 아래 아스팔트처럼 보인다. 마치 마리아의 죽음에 자연이 화가 나서 서럽게 우는 듯했다.

다코는 서둘러 차로 갔다.

챙모자와 비옷은 이미 완전히 젖었지만, 그것에는 관심이 없다.

될 수 있는 대로 빨리 차로 들어가려고 애를 썼다.

차는 마리아를 총으로 쏴 죽인 공원에서 멀리 주차되어 있었다.

일을 성공적으로 수행해서 만족스러웠다. 그리고 편안했다. 이미 오래전부터 양심의 가책은 없었다.

다코에게 누구를 죽이는 것은 항상 완벽하고 문제없이 처리해야 하는 평범한 일이었다. 그는 이런 일을 하고 돈을 받는다. 지난 몇 년간 자신이 그 일을 가장 잘할 수 있고 거기에 재능이 있다고 습관적으로 혼잣말할 만큼 다코는 확신했다.

'정말 모든 사람은 타고난 재능이 있어.'

아이러니하게도 그 재능은 살인. 다코는 이 재능을 몇 년 전에 알아냈다.

Iam, en la lernejo, li estis malbona lernanto, tute ne emis lerni kaj kaŭzis multajn zorgojn al la instruistoj, ne atentis dum la lernohoroj, parolis kun la samklasanoj, replikis la instruistojn dum ili instruis. En interlecionaj paŭzoj li kverelis kun la lernantoj aŭ batis iun. Liaj gepatroj, ordinaraj homoj, ne sciis kiel edifpuni lin kaj estis certaj, ke nenio bona lin atendas estonte. Tamen post la fino de la lernejo Dako iĝis soldato kaj tio trankviligis la gepatrojn, kiuj opiniis, ke en la armeo li alkutimiĝos al disciplino kaj ordo. Tri jarojn Dako soldatservis en Afganistano kaj Irako, sed oni maldungis lin pro drinkado. Reveninte el Irako dum monatoj li ne trovis laboron, ne havis monon kaj nenion povis entrepreni. Tiam li renkontis sian samklasanon, bone konata en la subteraj medioj, kiu konatigis lin kun Riko, eksterlandano, kies bando plenumis krimmendojn.

Antaŭ monato Riko telefonis al Dako.

–Ĉi-vespere ni spektos simfonian koncerton. Mi atendos vin je la dekoka kaj duono je nia kutima loko por doni al vi vian enirbileton – diris Riko.

Tiuj ĉi estis la signalvortoj kaj Dako tuj komprenis pri kio temas. Je la dekoka kaj duono li estis en la parko en la loĝkvartalo "Progreso". En tiu ĉi vasta parko kutime ne estis multaj homoj. Nun, je la fino de septembro, la parko estis preskaŭ dezerta.

다코는 학교에서 나쁜 학생이었다. 전혀 공부를 하려 하지 않아 교사들에게 큰 걱정을 끼쳤다. 수업 시간에 선생님이 가르치는 동안 집중하지 않고 동료 학생들과 이야기하고 떠들었다.

쉬는 시간에는 친구들과 다투거나 누군가를 때렸다.

평범한 그의 부모님은 그를 어떻게 지도하고 벌줄지 잘 몰랐다. 그의 미래는 불행할 것이라고 확신했다.

졸업 후 다코는 군인이 되었는데, 그 모습에 부모는 안심했다.

군대에서 훈련과 질서에 익숙해지리라고 생각했다.

3년간 **아프가니스탄**과 **이라크**에서 군 복무를 했는데, 자주 술에 취해 해고당했다.

이라크에서 돌아와서 한 달 내내 일을 찾지 못했고 돈도 없어 아무것도 할 수 없었다.

그때 어둠의 세계에서 잘 알려진 학교 친구를 만났다. 그는 범죄 대행 조직을 이끄는 외국인 **리코**를 소개해 주었다. 한 달 전에 리코가 다코에게 전화했다.

"오늘 저녁 클래식 음악회를 관람할 거야. 18시 30분에 입장권을 줄 테니 평소 만나는 장소에서 기다릴게."

리코가 말했다. 이것은 암호로 무엇을 의미하는지 다코는 금방 알아차렸다.

18시 30분에 '**프로그레스**(번성)'라는 지역에 있는 공원에 도착했다. 이 넓은 공원에는 평소 사람이 많이 오지 않는다.

지금은 9월 말이라 공원은 거의 사막처럼 황량하다.

Nur ĉe la monumento de la soldatoj, pereintaj en la Dua Mondmilito, videblis du adoleskuloj, verŝajne gimnazianoj, narkotuloj, kiuj kaŝe interŝanĝis narkotaĵon aŭ unu el ili vendis al la alia narkotaĵon. Dako spertis rekoni la narkotulojn. Li tuj senerare rimarkis iliajn febrajn rigardojn, tremantajn fingrojn kaj palajn vizaĝojn kun malhelaj konturoj ĉirkaŭ la okuloj.

Dako sidiĝis sur benkon por atendi Riko-n kaj observis la knabojn. Ili provis kaŝi sin malantaŭ la monumento kaj verŝajne supozis, ke neniu vidas ilin aŭ neniu komprenas kion ili faras. Dako enpensiĝis. Kial oni uzas narktikojn, meditis li. Nur foje li fumis haŝiŝon, sed ĝi ne plaĉis al li. Lia pasio estis la alkoholaĵo kaj li opiniis, ke ĝi estas utila kaj eĉ pli malmultekosta ol la narkotaĵoj. Tamen nuntempe la narkotaĵoj estis vaste distribuataj. Pluraj gejunuloj estis narkotuloj kaj la narkotaĵokomerco bone prosperis. La liveristoj de la narkotaĵoj estis la plej grandaj riĉuloj. Dako supozis, ke anoj de la bando de Riko same negocas per narkotaĵoj, tamen tion oni ne konfesis al li kaj ĝi estis ilia granda sekreto.

Dako elprenis la cigaredskatolon kaj ekfumis. Li bone sciis, ke Riko ĉiam venas dek minutojn pli malfrue. Dako jam konis lian kutimon. Certe de ie Riko atente observis ĉu Dako estas sola kaj ĉu ne estas iu, kiu sekvis lin.

2차대전에서 죽은 **군인 위령비** 앞에는 고등학생으로 보이는 젊은 마약 업자가 있다.

몰래 마약을 교환하거나 그들 중 한 명이 다른 이에게 마약을 팔고 있다.

다코는 마약 업자를 잘 알아본다.

그들의 힘없는 시선, 떨리는 손가락.

눈 주변에 어두운 윤곽이 있는 창백한 얼굴을 다코는 실수 없이 알아차린다.

다코는 리코를 기다리려고 공원 의자에 앉았다.

남자아이들을 살펴보았다.

그들은 위령비 뒤에 몸을 숨기면서 아무도 자신들을 보지 못하고, 무엇을 하는지 아무도 모를 것이라고 짐작했다. 다코는 생각에 잠겼다.

'사람들은 왜 마약을 사용할까?'

깊이 고민했다. 가끔 환각제를 피워 봤지만, 썩 마음에 들지 않았다. 가장 좋아하는 것은 술이고 그것은 유용하며 마약보다 훨씬 값이 저렴했다.

그러나 지금 마약은 넓게 퍼졌다. 많은 청년들이 마약을 하고 마약 관련 사업은 번창했다.

마약 공급자는 부자가 되었다.

리코 조직원도 마찬가지로 마약을 거래하는 듯했지만, 다코에게는 그 사실을 말하지 않았다.

다코는 담뱃갑을 열어 담배를 꺼내 피웠다. 리코는 항상 10분 늦었다. 다코는 이미 그의 습관을 알았다.

리코는 분명 다코가 혼자 있는지 미행하는 누군가가 없는지 어딘가에서 세심하게 살피고 있을 터다.

Kiam Riko konvinkiĝis, ke Dako venis sola al la rendevuo, tiam en la parko aperis liaj du gardistoj, kiuj bone trarigardis la ĉirkaŭaĵon. Kiam ili konstatis, ke ĉio estas trankvila kaj ne ekzistas minaco, ili iel signis al Riko.

Dako rimarkis la gardistojn de Riko, kiuj kiel ordinaraj homoj trapasis la parkon al du kontraŭaj flankoj kaj post du aŭ tri minutoj aperis Riko mem. Li estis alta, preskaŭ unu metro kaj naŭdek centimetrojn kun larĝa torako kaj ŝtalaj muskoloj, kiuj montris, ke iam li estis fama boksisto. Liaj malstreĉitaj pezaj brakoj iom pli longis kaj la manikoj de lia jako ŝajnis mallongaj. La blonda hararo de Riko similis al seka pajlo kaj liaj bluaj okuloj havis vitrecan malvarman brilon.

Malrapide Riko proksimiĝis al Dako, sidiĝis sur la benkon kaj sen alrigadi lin demandis:

—Ĉu vi fartas bone?

Tio signifis "ĉu hazarde vi ne havas problemojn kun la polico".

—Tre bone — respondis Dako.

Dako ne sciis kiom da jaroj jam Riko loĝas ĉi tie. Li bonege posedis la lingvon, sed nur iom lia prononco montris, ke estas fremdlandano.

—La tasko gravas — diris Riko.

리코의 경호원 두 명이 주위를 열심히 살피면서 공원에 나타났다.

경호원들이 안전하고 위험요소가 없다고 판단하면, 어떻게든 리코에게 신호를 보낸다.

다코는 리코의 경호원들을 알아보았다.

그들은 행인처럼 공원을 가로질러 서로 반대편으로 갔다. 2~3분 후 리코가 혼자 나타났다.

거의 190cm의 훤칠한 키에, 언젠가 유명한 권투 선수였음을 보여 주는 떡 벌어진 가슴, 쇠 같은 근육을 가졌다. 늘어뜨린 무거운 팔은 길어 재킷 소매가 짧게 보인다. 리코의 금발 머리는 마른 밀짚 같고 파란 눈에서는 유리 같이 차가운 빛이 나왔다.

천천히 리코는 다코에게 다가와 공원 의자에 앉더니 다코를 쳐다보지도 않고 질문했다.

"잘 지내지?"

이것은 혹시라도 경찰과 무슨 문제가 없느냐는 뜻이다.

"아주 잘 지내고 있어요."

다코가 대답했다.

리코가 이 나라에서 얼마나 살았는지 모른다.

언어구사력이 훌륭한데, 다만 발음에서 외국인임을 알 수 있다.

"중요한 일이 있어."

리코가 말했다.

Li donis al Dako modan revuon, kiun Dako komencis trafoliumi kaj en la mezo vidis foton de juna virino, ĉirkaŭ tridek-jara kun longaj nigraj haroj kaj nigraj okuloj.

-Ĉu vi bone vidis ŝin? - demandis Riko.

-Jes - respondis Dako.

-La foto ne devas esti ĉe vi - kaj Riko reprenis la revuon kun la foto. - Estas ĵurnalistino en la tagĵurnalo "Telegrafo" kaj ŝi devas urĝe forvojaĝi - klarigis Riko.

-Kial? - demandis Dako.

-Vi multe demandas - riproĉis lin Riko. - Pasintfoje mi diris al vi forgesi la demandojn.

-Bone - iom ofendite murmuris Dako. - Kiom da mi ricevos?

-La sumo estas la sama kiel pasintfoje - kaj Riko donis al Dako koverton. - Jen la duono, la alian duonon vi ricevos post la forvojaĝo de la ĵurnalistino.

-Bone.

Dako prenis la koverton kaj rapide ŝovis ĝin en la poŝon de la jako.

-Vi havas unu monaton - aldonis Riko, ekstaris kaj malproksimiĝis al la suda parto de la parko, kie sur benko atendis lin unu el la gardistoj.

Dako postrigardis lin. De tiu ĉi momento li devis fari precizan planon por forvojaĝigi la junan ĵurnalistinon.

다코에게 최근 잡지를 주자 다코는 넘겨보다가 가운데서 젊은 여자 사진을 보았다. 대략 30살에 검은 긴 머리카락에 검은 눈동자를 가졌다.

"이 여자를 잘 보았지?" 리코가 물었다.

"예." 리코가 대답했다.

"사진을 가지고 있으면 안 돼."

그리고 리코는 사진과 함께 잡지를 돌려받았다.

"신문 텔레그라포의 기자야. 서둘러 여행을 떠나야만 해." 리코가 설명했다.

"왜요?" 다코가 물었다.

"질문이 많네." 리코가 화를 냈다.

"지난번에 질문은 잊으라고 말했잖아."

"알겠어요." 조금 속상해서 다코는 중얼거렸다.

"돈은 얼마를 받나요?"

"합계는 지난번과 마찬가지야."

그리고 리코는 다코에게 봉투를 주었다.

"여기 절반 있어. 나머지 반은 여기자가 멀리 여행 간 뒤에 받을 거야."

"알겠어요." 다코는 봉투를 쥐어 서둘러 재킷 호주머니에 집어넣었다.

"시간은 월말까지." 리코가 덧붙였다.

그리고 일어나서 공원의 남쪽으로 멀어졌다. 거기에 경호원 한 명이 공원 의자에 앉아 리코를 기다리고 있다. 다코는 사라지는 뒷모습을 지켜보았다.

이 순간부터 젊은 여기자를 멀리 여행 보낼 계획을 세밀하게 수립해야만 한다.

La sekvan tagon Dako estis antaŭ la redaktejo de "Telegrafo", kiu troviĝis en la centro de la urbo, proksime al banko "Kapitalo". La redaktejo estis en moderna kvaretaĝa konstruaĵo, farita el aluminio kaj vitro. Super la enirejo estis panelo kun surskribo "Telegrafo".

Por ĉiu mortverdikto Dako preparis precizan planon. Same nun li devis bone esplori la kutimojn kaj la vivmanieron de la ĵurnalistino. Por tio li bezonis du aŭ tri semajnojn, dum kiuj devis atente observi ŝin: kiam ŝi venas en la redaktejon, kiam foriras, kie ŝi loĝas, kun kiuj kutimis renkontiĝi, en kiuj vendejoj ŝi aĉetadas, ĉu havas edzon, infanojn aŭ loĝas sola. Tiuj ĉi informoj estis ege necesaj por la plenumo de la verdikto, tamen Dako devis tre diskrete havigi ilin.

Iun matenon, vestita kiel senhejmulo, Dako proksimiĝis al la enirejo de la redaktejo. Tie, sur la trotuaro, staris rubujo kaj li ŝajnigis, ke serĉas ion en ĝi. Dako surhavis longan malpuran, elfrotitan mantelon, malnovajn deformitajn ŝuojn, ĉifitan kaskedon kaj falsan barbon. Ŝajne li gapis la rubujon, sed atente observis kiu eniras aŭ eliras la redaktejon. Estis bone, ke ĝi havis nur unu pordon kaj ĉiuj, kiuj laboris tie, uzis nur tiun ĉi solan pordon.

Kiam Maria venis en la redaktejon, Dako tuj rimarkis ŝin. Li bone memoris ŝian vizaĝon de la foto.

다음날 다코는 '카피탈로(자본)' 은행 근처 도시 중심가에 있는 텔레그라포 신문사 앞에 있다.

신문사는 현대적인 4층 건물로 알루미늄과 유리로 지어졌다. 입구 위에는 **텔레그라포**라고 새겨진 이름판이 있다. 다코는 살인 청부를 완벽히 수행하고자 정확한 계획을 준비했다.

지금 여기자의 습관이나 삶의 태도를 조사해야만 한다. 이것만 해도 2~3주 소요된다. 이 기간에 샅샅이 살펴야 한다. 신문사에 언제 출근하고 퇴근하는지, 어디에 살며 보통 누구와 만나는지, 어느 가게에서 물건을 사고, 남편이나 자녀는 있는지, 아니면 혼자 사는지 등이다.

이런 정보는 좋은 결과를 내는 데 필수 정보이기에 다코는 아주 조심스럽게 조사한다.

어느 날 아침 다코는 노숙자처럼 차려입고 편집실 입구로 다가갔다.

거기 보도(步道) 위에 쓰레기통이 놓여 있다.

그 속에서 무언가를 찾는 척했다.

다코는 더럽고 낡아빠진 긴 외투, 오래되어 다 떨어진 신발, 구겨진 모자에 가짜 수염도 달았다.

쓰레기통을 살피는 척했지만, 주의해서 편집실에 누가 들어오고 나가는지 살펴보았다.

출입구는 오직 한 곳이었다.

이왕이면 근무하는 모든 사람이 하나의 출입구를 사용하는 것이 좋다.

마리아가 신문사에 들어올 때 다코는 곧 알아차렸다.

사진의 얼굴을 잘 기억하고 있었다.

Ne tre alta kun tenera korpo, nigrahara, kun okuloj kiel olivoj kaj iom plata nazo, ŝi vere estis bela. Vestita en nigra pantalono kaj blua sporta jako, Maria similis al dudek-jara junulino.

Kelkajn tagojn Dako vagis ĉirkaŭ la redaktejo, sekvis ŝin ĝis la loĝejo kaj jam sciis, ke Maria havas edzon, kiu estas instruisto pri matematiko, kvin-jaran filinon, ke ŝiaj gepatroj loĝas en kvartalo "Renesanco" , kiu estas en la suda parto de la urbo. Dako devis nur elekti la tagon por plenumi la taskon.

La rondĉapelo kaj la pluvmantelo jam tro pezis pro la torenta pluvo, kvazaŭ ili estis ne el ŝtofo, sed el plumbo. Dako proksimiĝis al la aŭto "Sitroeno" , malfermis la pordon kaj rapide eniris ĝin. Tra la fenestro li atente trarigardis la straton. Neniu sekvis lin. La duonmalluma strato vakis kaj dezertis. La pluvo forte klakis, la pezaj pluvaj gutoj tamburis sur la ladan plafonon de la aŭto kiel mitrala pafado.

Dako funkciigis la aŭton kaj ekveturis. Li loĝis malproksime de kvartalo "Lazuro" , en la rando de la urbo, preskaŭ ĉe la montaro. Tie estis domoj en kortoj kun multaj fruktaj arboj. Dako aĉetis tiun ĉi domon antaŭ kelkaj jaroj, kiam li revenis el Irako. Nur ĉi tie, en la domo, li sentis sin sekura kaj trankvila.

Li kondukis la aŭton en la garaĝon, fermis la pordon kaj eniris la loĝejon.

그렇게 크지 않은 키에, 날씬한 몸매, 검은 머리카락에 올리브 같은 눈, 평평한 코에 아주 미인이었다.

검은 바지에 파란색 스포츠 재킷을 입었다.

스무 살 아가씨 같았다.

며칠간 다코는 신문사 주변에서 이리저리 다니며 마리아의 집까지 뒤따라갔다.

그리고 마리아는 수학 선생인 남편과 5살 딸이 있고, 마리아의 부모는 도시 남부에 있는 '**레네산쪼**(부흥)' 지역에 산다는 것을 알아냈다.

다코는 이제 과제를 수행할 날만 선택하면 된다.

챙모자와 비옷은 쏟아지는 비 때문에 이미 너무 무거워 마치 천이 아니라 납으로 만든 것 같았다.

다코는 자동차 '**시트로에노**'에 가까이 가서 문을 열고 재빨리 안으로 들어갔다.

차창을 통해 조심스럽게 거리를 살폈다. 따라서 온 사람은 아무도 없었다. 희미한 조명 아래서 거리는 사람도 없고 사막처럼 황량하다.

비가 억수로 내려 무거운 빗방울이 자동차 양철 지붕 위로 기관총처럼 쏟아졌다.

다코는 자동차 시동을 걸고 출발했다. 다코는 멀리 도시의 변두리 산자락 '라주로' 지역에 살고 있다.

거기에는 과일나무가 많이 심어진 정원이 딸린 집들이 있다. 몇 년 전 이라크에서 돌아와 이 집을 샀다.

오직 이곳 집에서만 안전하고 편안함을 느낀다.

주차장으로 차를 몰아 차를 세우고 차고 문을 닫고 집 안으로 들어갔다.

En la vestiblo li demetis la malsekajn mantelon, ĉapelon, ŝuojn kaj paŝis al la ĉambro, en kiu li kutimis spekti televidon aŭ aŭskulti muzikon. Estis strange, sed li preferis la klasikan muzikon kaj nun li prenis iun diskon, enigis ĝin en la komputilon kaj sidiĝis en unu el la foteloj. Pro la laciĝo li sentis sin kiel el gumo, sen ostoj kaj sen muskoloj. Per fermitaj okuloj Dako aŭskultis la muzikon kaj tute ne deziris scii kiu estas la komponisto kaj kiu orkestro plenumas ĝin. Gravis la melodio, kiu portis lin al alia mondo, al aliaj spacoj.

Dako ne plu pensis pri la murdo. Li perfekte plenumis sian taskon kaj ne interesiĝis, ke la virino, kiun li mortpafis, havis familion, infanon, gepatrojn. Por li ŝi estis nur ulino, kiu ne devis plu vivi kaj li rezonis, ke tio estas tute nature. Ja, ĉiuj devis morti, iuj pli frue, aliaj pli malfrue. Ŝi finis sian vivon. Dako konsideris sin la sorto aŭ pli ĝuste helpanto de la sorto, kiu plenumas sian laboron. Tio estis lia ĉefa okupo, ludi la rolon de la sorto kaj pro tio li ricevis monon. Sen tiu ĉi mono li ne povis vivi kaj tre bone li sciis, ke iam venos la tago, kiam ankaŭ li, simile al la virino, kiun li mortpafis ĉi-vespere, mortos. Eble iu mortpafos lin aŭ lia koro subite eksplodos. Ĉio estis tre simpla kaj komprenebla kaj tute ne necesis mediti pri tio.

현관에서 젖은 비옷, 모자, 신발을 벗고 TV를 보거나 음악을 듣는 방으로 들어갔다.

이상하게도 다코는 고전음악을 더 좋아했다. 고전음악 CD를 컴퓨터 안에 집어넣고 안락의자에 앉았다.

피곤해서 **뼈**도 없고 근육도 없는 껍딱지가 된 기분이었다. 눈을 감은 채 음악을 듣지만, 지휘자가 누군지 어떤 교향악단이 연주 하는지 전혀 알고 싶지 않다.

다른 세계, 다른 공간으로 데려다주는 멜로디가 중요했다. 다코는 이제 살인에 관해 생각하지 않았다.

완전히 과제를 수행했고, 총으로 쏴 죽인 여자가 가족, 자녀, 부모가 있는지는 흥미가 없다.

그에게 그 여자는 더 살아서는 안 되는 존재였고, 그것은 당연한 것이라고 생각했다.

어차피 모든 사람은 죽어야 하는데 누구는 조금 빨리, 누구는 조금 늦을 뿐이다.

그 여자는 오늘 자기 생을 마쳤다.

다코는 그 작업을 수행하는 운명의 조력자라고 여겼다. 운명의 임무 수행이 자신의 주요한 직업이고, 그 일을 해서 돈을 받는다. 이 돈이 없다면 살아갈 수 없다.

그리고 오늘 밤 총에 맞아 죽은 여자와 마찬가지로 그도 역시 언젠가 죽는 날이 온다는 것을 아주 잘 안다.

아마 누군가가 자기를 총으로 쏴 죽이거나 심장이 갑자기 터질 것이다.

모든 것은 지극히 단순하고 이해가 된다. 그 문제에 대해 깊이 생각할 필요도 없다.

Li loĝis sola, ne havis familion, infanojn, tute ne interesiĝis pri siaj gepatroj. Ja, kiam li plenkreskis, eksciis, ke oni adoptis lin kaj li tute ne konis siajn verajn gepatrojn. Li estis sola, neniu funebros lin, ne havis amikojn. La sento amo estis nekonata por li. De tempo al tempo li vizitis bordelon kaj tio sufiĉis por li. Tie oni neniam eksciis lian veran nomon. Ĉiam al la diversaj publikulinoj li diris alian nomon kaj ili ne certis ĉu li estas Aleks, Hari aŭ Miki.

Nesenteble Dako ekdormis, sidante en la fotelo kaj sonĝis, ke estas en Afganio. Islamistoj atakas la flughavenon, kiun li kun la aliaj soldatoj gardas. Dako komencas pafi kaj vidas, ke la atakantoj unu post alia falas mortpafitaj. Li jubilas, ĝojas kaj ne kredas, ke tiel precize li trafas ilin.

그는 혼자 살고 가족이나 자녀도 없고. 부모님에 대해서 전혀 관심이 없다. 성인이 되었을 때 자신이 입양되었고, 친부모를 전혀 모른다는 사실을 알게 되었다. 그는 혼자 산다. 누구도 애도해 줄 사람도 없고 친구도 없다. 사랑이라는 감정은 그에게 낯설다. 때로 유곽에 가는데 그것이면 충분하다. 거기서는 자기 본명을 아무도 모른다. 항상 여러 직업여성에게 다른 이름을 말해 그녀들은 그가 **알렉스**인지 **하리**인지 **미키**인지 확신하지 못한다.

어느새 의자에 앉아서 잠이 들었다. 아프가니스탄에 있는 꿈을 꿨다. 이슬람 교인들이 동료 군인들과 함께 지키고 있는 항구를 공격한다. 다코가 총을 쏘아 공격하는 사람들이 하나씩 차례로 총 맞고 죽는 것을 보았다. 환호성을 치며 기뻐한다. 그렇게 정확하게 맞추지 않았는데도.

6.

La sekvan tagon, post la murdo de Maria, Silikov iris en la domon de ŝiaj gepatroj. Li bone sciis, ke la renkontiĝo kaj la konversacio kun ili estos turmentaj. La murdo de ilia filino estis granda frapo kaj malfacile ili travivos ĝin.

La gepatroj de Maria loĝis en kvinetaĝa domo en kvartalo "Renesanco". Silikov facile trovis la domon, iris al la tria etaĝo kaj sonoris ĉe la pordo de familio Petrov. La fraŭlina nomo de Maria estis Maria Petrova. Pasis minuto. Silikov jam opiniis, ke neniu estas en la domo, kiam la pordo malrapide malfermiĝis kaj ĉe la sojlo ekstaris sesdek-kvin-jara viro. Lia tuta aspekto estis funebra. La viro kvazaŭ ne havis fortojn por stari kaj apogis sin al la pordo. Lia vizaĝo estis pala, grizkolora, liaj okuloj similis al du nigraj makuloj kaj videblis, ke li ploris. Tre mallaŭte, pene li demandis:

-Kiu vi estas?

-Komisaro Pavel Silikov – prezentis sin Silokov. – Bonvolu akcepti miajn sincerajn kaj profundajn kondolencojn, sed mi devas paroli kun vi, ĉar ni devas trovi la murdiston.

-Bonvolu.

Silikov eniris.

6장. 마리아의 부모 심문(審問)

살해사건 다음 날 실리코브는 마리아의 부모님 집에 갔다. 그들과 만남과 대화는 매우 고통스러울 것이다. 딸의 죽음은 커다란 충격이고, 그 고통을 이겨내기는 쉽지 않다.

마리아의 부모님은 레네산쪼 지역에서 5층짜리 집에 살고 있다. 실리코브는 집을 쉽게 찾았다. 3층으로 가서 **페트로브** 가정 문 앞에서 초인종을 눌렀다. 아가씨 때 마리아의 이름은 **마리아 페트로바**였다.

얼마 시간이 지났다. 실리코브는 집에 아무도 없다고 생각했는데, 그때 천천히 문이 열리고 입구에 65세 남자가 나타났다.

모든 외모는 애도하는 차림새다. 서 있는 힘조차 없는 듯 문에 기대고 있다. 얼굴은 창백하고 잿빛이었다. 눈은 두 개의 검은 얼룩 자국을 닮았고 울었다는 것을 볼 수 있다. 아주 작은 소리로 간신히 물었다.

"누구십니까?"

"파벨 실리코브 위원입니다."

실리코브가 자신을 소개했다.

"저의 신실하고 깊은 애도(哀悼)를 받아 주시기 바랍니다. 범인을 찾아야 하기에 함께 대화를 나눠야만 합니다."

"들어오세요."

실리코브는 들어갔다.

La viro montris la pordon, kiu gvidis al la gastoĉambro. Silikov enpaŝis la ĉambron kaj ŝajnis al li, ke eniras tombon. La ĉambro estis duonmalluma kaj en ĝi regis profunda prema silento. Ordinaraj mebloj: kafotablo, foteloj, bretaro kun libroj, televidilo, kovrita per nigra tolo. En unu el la fotelo sidis ĉirkaŭ sesdek-du-jara virino, kiu tenis enmane foton de Maria kaj ploris.

-Roza, – diris la viro – la sinjoro estas komisaro, venis paroli kun ni⋯

Ŝi levis kapon kaj Silikov vidis, ke ŝiaj migdalformaj grandaj okuloj, plenaj je larmoj, estas tre belaj. Nenion ŝi diris. Pro la ĉagreno ŝi ne povis eĉ vorton prononci.

-Bonvolu – la viro invitis Silikov sidiĝi.

Li sidiĝis en fotelon, kiu estis plej proksime al la pordo kaj la viro sidiĝis en alian fotelon.

-Ankoraŭfoje mi petas pardonon pro la ĝeno – komencis Silikov, – sed mia ofica devo estas⋯

-Ni komprenas – kapjesis la viro.

-Vi estas la patro de Maria, ĉu ne? – demandis Silikov.

-Jes. Mi nomiĝas Stefan Petrov.

-Ĉu vi estas pensiulo, sinjoro Petrov?

-Mi estis kemia inĝeniero, sed de du jaroj mi estas pensiulo.

남자가 응접실로 들어가는 문을 가리켰다, 실리코브는 방으로 들어가면서 무덤 안으로 들어가는 것 같았다. 방은 조명이 반쯤 켜져 있고 깊고도 압박하는 침묵이 지배하고 있다. 소박한 가구 즉, 커피 탁자, 안락의자, 책이 들어있는 책장, 검은 천에 덮여 있는 텔레비전이 놓여 있다.

안락의자에 62세 정도의 여자분이 앉아 있는데, 손에 마리아의 사진을 들고 울고 있다.

"여보!" 남자가 말했다.

"이분은 우리랑 이야기하러 온 경찰이요."

여자는 고개를 들었다. 복숭아를 닮은 큰 눈에 눈물이 가득 차 있지만 아주 미인임을 실리코브는 알아차렸다. 그녀는 아무 말도 하지 않았다. 좌절 때문에 한 마디도 소리낼 수 없었다.

"이리 앉으세요."

남자가 실리코브에게 앉으라고 권했다. 그는 문에서 가장 가까운 안락의자에 앉고 남자는 다른 의자에 앉았다.

"다시 한번 귀찮게 해드려 죄송합니다."

실리코브가 말을 시작했다.

"제 공식적인 일이라서요."

"이해합니다." 남자가 머리를 끄덕였다.

"선생님이 마리야 기자의 아버지 되시죠?" 실리코브가 물었다.

"예, 저는 **스테판 페트로브**입니다."

"연금을 받고 계시죠?"

"나는 화학 기술자였는데 2년 전에 은퇴했어요."

-Vi tre bone scias, ke por trovi la murdiston, unue ni devas kompreni kio estis lia motivo murdi vian filinon. Devas esti kialo. Tial mi rekte demandos: ĉu iu minacis Maria-n?

-Neniam ŝi menciis pri minaco - respondis la patro.

-Ĉu ŝi kutimis konfesi al vi ŝiajn problemojn en la laborejo, en la familio? - demandis Silikov.

-Jes. Ŝi ĉiam rakontis al ni kio okazas en la redaktejo de la ĵurnalo, en la familio.

La patro kvazaŭ vidis antaŭ si Maria-n, profunde ekspiris kaj daŭrigis:

-Mi eĉ opiniis, ke ofte ŝi rapidis veni ĉi tien por rakonti al ni kia estis la tago. Kun kiu ŝi renkontiĝis, pri kio ili parolis, kian artikolon ŝi verkis. Plej multe ŝi rakontis pri la nepino Keti. Maria amegis Ketin kaj ne povis vivi sen ŝi.

-Ĉu ĉiam ŝi rakontis ĉion al vi? - demandis Silikov.

-Jes. Jam de la infanaĝo.

-Ĉu hazarde ne estis iu, kiu persekutis ŝin. Mi diru malnova amiko. Povas esti, ke antaŭ jaroj ŝi havis amikon kun kiu pro iaj kialoj disiĝis, sed li daŭre sekvis ŝin, ĝenis ŝin?

-Mi bone komprenas kion vi demandas, sed Maria estis tre modesta. Ŝi ne havis multajn koramikojn. Mi kun la edzino scias nur pri unu, kiu amindumis ŝin en la gimnazio kaj poste en al universitato.

"범인을 찾으려면 처음에 따님을 죽인 동기가 무엇인지 알아야만 하는 점을 잘 아시죠? 이유가 있어야 합니다. 그래서 솔직하게 질문드립니다. 누군가가 따님을 협박했나요?"

"협박에 대해서 아무 말도 언급하지 않았어요."

마리아 아버지가 대답했다.

"따님은 일터에서나 가정의 문제를 습관적으로 말하나요?" 실리코브가 물었다.

"예, 딸은 신문 편집실에서 집에서 무슨 일이 있었는지를 항상 이야기해요."

마리아 아버지는 마치 딸을 눈앞에서 보는 것 같아 깊이 숨을 들이마시고 계속 말을 했다.

"딸이 오늘 무슨 일이 있었는지 말하려고 자주 여기에 서둘러 온다고 생각할 정도입니다. 누구를 만났고, 무엇을 이야기하고, 어떤 기사를 썼는지, 하지만 손녀 케티에 대해 가장 많이 이야기했어요. 케티를 몹시 사랑해서 그 아이 없이는 살 수 없어요."

"항상 모든 것을 따님이 이야기했나요?"

실리코브가 물었다.

"예, 벌써 어릴 때부터 그랬어요."

"혹시라도 따님을 괴롭히는 사람이 없었나요? 옛친구를 말하는 겁니다. 몇 년 전에 친구랑 무슨 이유로 헤어질 수도 있고, 그런데 계속 따라다니거나 괴롭게 할 수도 있잖아요." "무엇을 묻는지 잘 이해해요. 마리아는 내성적이에요. 마음에 맞는 친구가 많지 않아요. 마리아가 고등학교, 대학동기인 한 사람만을 압니다.

Lia nomo estis Ljuben Kerelezov.

Silikov tuj alrigardis lin. Tiu ĉi nomo estis konata al Silikov, sed li nenion diris.

-Maria kaj Ljuben estis samklasanoj en la gimnazio kaj poste kune studis ĵurnalistikon – daŭrigis la patro. – Mi deziris, ke Maria estu inĝeniero kiel mi, sed ŝi ege deziris studi ĵurnalistikon. En la gimnazio ŝi tre ŝatis la literaturon kaj verkis belegajn eseojn. Maria amis Ljuben, sed en la universitato li komencis amindumi alian studentinon kaj Maria rompis la rilatojn kun li. Eble ŝi tre dolore travivis tiun ĉi disiĝon, sed plu ŝi ne menciis lian nomon. Poste Maria konatiĝis kun Kamen kaj ili geedziĝis.

-Ĉu ŝi ne havis ian problemon kun Kamen? Ĉu li estis ĵaluza?

-Ili vivis en konkordo – diris la patro. – Laŭ mi ilia familio estis tre bona. Eble fojfoje, kiel en ĉiu familio, inter ili estis etaj miskomprenoj, sed Maria neniam menciis ilin.

-Ĉu iu kolego en la redaktejo ne ĝenis ŝin? – demandis Silikov.

-Pri siaj kolegoj ŝi neniam parolis. Ŝi menciis nur nomojn de koleginoj kun kiuj ŝi laboris. Ekzemple ŝia plej bona amikino kaj kolegino estis Slava Angelova.

-Dankon, sinjoro Petrov – diris Silikov. – Mi vidas, ke vi sincere deziras helpi min, sed la mistero restas.

그 남자 이름은 **류벤 케렐레조브**입니다."

실리코브는 곧 마리아의 아버지를 쳐다보았다. 이 이름을 실리코브는 알고 있지만, 아무 말도 하지 않았다.

"마리아와 류벤은 고등학교에서 같은 반이었어요. 나중에 두 사람은 함께 신문학(新聞學)을 공부했지요."

마리아의 아버지가 말을 이었다.

"나는 마리아가 나처럼 기술자가 되기 원했지만, 신문학 공부하기를 매우 원했어요. 고등학교에서 문학을 아주 좋아해서 꽤 훌륭한 수필을 썼어요. 마리아는 류벤을 사랑했지만, 대학에서 류벤이 다른 여자를 사귀기 시작해서 두 사람의 관계는 깨졌어요. 아마 이별의 고통을 심하게 겪어, 더는 그 이름을 언급조차 하지 않았어요. 나중에 카멘을 알게 되고 결혼했죠."

"남편과 둘 사이에 무슨 문제는 없었나요? 질투했나요?"

"그들은 사이좋게 잘 살았어요." 아버지가 말했다.

"내가 볼 때 그 가정은 아주 좋았어요. 아마 모든 가정처럼 몇 번은 그들 사이에 오해와 다툼이 있었겠지요. 그러나 마리아는 결코 그것들을 언급하지 않았어요."

"편집실에서 어느 동료가 괴롭히지는 않았나요?"

실리코브가 질문했다.

"직장동료에 대해서는 거의 말하지 않았어요. 함께 일하는 여자 동료 이름만 말했어요. 가장 좋은 친구이자 동료는 **슬라바 안겔로바**이라고요."

"감사합니다." 실리코브가 말했다.

"진심으로 저를 도와주시려고 대답해주시지만 여전히 이상한 점은 남습니다."

Maria certe ne konis homon, kiu malamis ŝin kaj kiu deziris murdi ŝin.

La patro de Maria dum iom da tempo silentis. Verŝajne li provis ion alian rememori, sed poste diris:

–Se hazarde estis tia homo, Maria certe estos maltrankvila, tamen preskaŭ ĉiam ŝi havis bonan humoron. Neniam ŝi diris, ke timas iun aŭ ion.

–Dankon. Estas klare, ke mi devas serĉi la kialon pri la murdo en alia direkto.

Silikov adiaŭis la gepatrojn de Maria kaj foriris.

"마리아 기자를 미워해서 죽이고 싶어 하는 사람을 정말 모릅니다."

잠시 마리아의 아버지는 조용했다. 무언가 다른 기억을 떠오려보려고 했지만 이내 멈췄다.

"혹시라도 그런 사람이 있었다면 마리아는 분명 불안해 했을 텐데 거의 항상 기분이 좋았어요. 누군가나 무엇을 무서워한다고 결코 말한 적이 없어요."

"감사합니다. 다른 방향으로 살인 이유를 찾아야겠네요."

실리코브는 마리아의 부모와 이별하고 집을 나섰다.

7.

Post ĉiu plenumita tasko, Dako kutimis festi, vespermanĝi en la plej luksa restoracio, en hotelo "Neptuno" . Ĉi-vespere li vestis sin elegante – nigra kostumo, neĝblanka ĉemizo, blua kravato. Telefone li mendis taksion kaj diris al ŝoforo:

–Hotelo "Neptuno" .

La hotelo estis en la centro de la urbo, deketaĝa, kvinstela, blanka kiel neĝa montopinto. Kiam la taksio haltis antaŭ ĝi, Dako ĵetis al la ŝoforo bankbileton kaj ne atendis la redonon de mono.

La pordisto de la restoracio profunde klinis sin, kiam vidis Dako-n. En la restoracio ĉiuj kelneroj konis lin. Kiam li estis ĉi tie, oni rapidis priservi lin, ĉar Dako estis malavara kaj ĉiam donis al ili grandan sumon da trinkmono. Al Dako plaĉis la rilatoj de la kelneroj al li, kvankam li bone sciis, ke ili afablas nur pro la mono, kiun ricevas de li.

La salonĉefo de la restoracio, kiu larĝridete renkontis Dako-n, proponis la plej bonan tablon, iom malproksime de la orkestro. Dako sidiĝis kaj komencis rigardi la homojn en la restoracio. Inter ili estis famaj personoj: politikistoj, deputitoj, geaktoroj, kiujn li ofte vidis en la televidaj elsendoj.

7장. 다코의 즐거움

과제를 다 수행하고 나면 다코는 호텔 '**넵투노**(해양성)' 의 가장 비싼 식당에서 잔치하며 저녁을 먹는 습관이 있다. 오늘 저녁 우아하게 차려입었다.

검은 정장에 눈처럼 하얀 셔츠, 파란 넥타이를 했다.

전화로 택시를 부른 뒤, 운전사에게 말했다.

"호텔 넵투노로 갑시다."

호텔은 10층짜리에 오성급이다.

눈 덮인 산 정상처럼 도시 한가운데서 하얀 자태를 뽐내고 있다.

택시가 그 앞에 서자 다코는 지폐 다발을 운전사에게 던져 주었다. 거스름돈은 받지 않았다.

식당 문지기가 다코를 보자, 깊이 고개 숙여 인사했다.

식당에서 종업원들은 모두 다코를 안다.

다코가 여기에 오면 서둘러서 잘 대접한다.

다코가 돈을 아끼지 않기 때문이다.

다코는 그 친절이 자기들이 받는 돈 때문인지 잘 알아도 종업원들과 자기 관계가 마음에 든다.

식당 홀 책임자는 크게 웃으며 다코를 맞이하고 악단(樂團)에서 조금 떨어진 가장 좋은 자리를 권유했다.

다코는 앉아서 식당 안의 사람들을 둘러보았다.

그들 중에는 텔레비전 방송에서 자주 보는 정치가, 국회의원, 배우같이 유명한 사람들이 있다.

Kiam venis la kelnero li mendis la plej multekostan specialaĵon de la restoracio. Unue li petis francan salaton kun fromaĝo el kapra lakto kaj mielo, poste kalmarojn, anason kun brokoloj, spicherboj, laktokremo kaj mirtela saŭco, botelon da ĉampana vino kaj por deserto glaciaĵon. Por Dako la plej granda plezuro en la vivo estis la manĝado kaj li ĉiam bone manĝis. Kiam li manĝis neniu devis ĝeni lin por ke li trankvile kaj plene ĝuu la bongustan manĝaĵon. En la restoracioj li evitis trinki fortajn alkoholaĵojn. Ja, li bone sciis, ke la drinkado estas lia pasio kaj facile ebriiĝas.

Per granda plezuro Dako komencis vespermanĝi. La kelnero staris iom malproksime de la tablo, diskrete observis lin kaj atendis lian alvokon. Sufiĉis ke Dako alrigardu lin kaj la kelnero tuj kuris al la tablo.

Ĉi-vespere Dako fartis bonege kaj estis kontenta, tamen neatendite al lia tablo proksimiĝis viro, verŝajne samaĝa kiel li, alta kun vizaĝo simila al vizaĝo de boksisto kun nazo kiel tomato kaj tataraj okuloj.

–Saluton – diris la viro.

Dako alrigardis lin fride.

–Mi ne konas vin.

–Tamen mi bone konas vin. Vi estis soldato en Afganistano.

종업원이 오자 식당에서 가장 값비싼 특식을 주문했다. 먼저 염소 우유와 벌꿀로 만든 치즈가 들어있는 프랑스식 생체요리를 주문하고 나중에 오징어, 양배추가 곁들인 오리, 양념 채소, 유지, 귤나무 소스, 샴페인 한 병 그리고 후식용 아이스크림을 주문했다.

다코에게 삶에서 가장 큰 즐거움은 먹는 것이기에 항상 잘 차려 먹었다.

식사할 때 편안한 상태에서 맛있는 음식을 맘껏 즐기도록 아무도 방해해서는 안 된다.

식당에서 도수가 센 술은 피한다. 술은 습관이고 쉽게 취한다는 사실을 너무나 잘 알아서다.

다코는 즐겁게 저녁 식사를 시작했다.

종업원은 탁자에서 조금 멀리 떨어져 주의 깊게 지켜보면서 주문 호출을 기다렸다.

다코가 시선을 주자 즉시 탁자로 달려온다.

오늘 밤 식사에 다코는 매우 만족했다.

그런데 갑자기 어느 한 남자가 탁자로 다가왔다.

다코와 비슷한 나이인 듯한 그 사람은 키가 크고 권투선수 같이 우락부락하게 생겼다.

토마토처럼 빨간 코에 타타르인의 눈을 가졌다.

"안녕하시오."

남자가 말했다.

다코는 그를 쳐다보더니 얼음처럼 굳었다.

"누구시지요? 잘 모르겠는데요."

"나는 잘 알아.

아프가니스탄에서 군인이었잖아."

Dako fiksrigardis la viron kaj iom kolere prononcis:

-Neniam mi estis en Afganistano.

-Ne mensogu – insistis la viro, kiu verŝajne estis iom ebria. – Mi tre bone memoras vin. Tie vi vendis al la soldatoj aĉan viskion, ege multekoste.

-Vi eraras. Mi ne estis soldato tie.

-Vi mensogas. Vi vendis al mi aĉan viskion – insistis la viro.

Dako komprenis, ke tiu ĉi idioto malbonigos lian agrablan vesperon kaj petis la kelneron forpeli lin. La kelnero provis afable trankviligi la viron, kiu ne ĉesis ĝeni Dako-n. Finfine la kelnero sukcesis konvinki lin reiri al sia tablo, sed la viro laŭte diris al Dako:

-Mi nepre trovos vin, fripono!

Post tiu ĉi neatendita okazintaĵo, Dako decidis foriri. Lia bonhumoro vaporiĝis kaj li forte koleriĝis.

Dako rapide forlasis la restoracion. La nokto estis plene fuŝita. Hodiaŭ estis unu el tiuj tagoj, kiam li sentis bezonon kaj deziris esti alia, konduti kiel persono, kiu havas multe da mono kaj povas permesi al si ĉion: vespermanĝi en luksa restoracio, kontakti kun altranguloj, esti kun belaj virnoj. Tamen tiu ĉi idioto, kiun Dako bone konis, ĉar ili kune soldatservis en Afganistano, kolerigis lin.

다코는 남자를 똑바로 바라보고, 조금 화난 듯 말했다.

"아니요, 나는 아프가니스탄에 간 적이 없어요."

"거짓말 마."

조금 취한 것이 분명한 남자가 우겼다.

"나는 정말로 똑똑히 기억해. 너는 거기서 군인들에게 싸구려 위스키를 아주 비싸게 팔았잖아?"

"잘못 아셨습니다. 나는 거기서 군인이 아니었어요."

"거짓말하네. 너는 형편없는 위스키를 내게 팔았어."

남자가 우겼다.

다코는 이 바보가 유쾌한 저녁을 망친다고 생각하고 종업원에게 쫓아내라고 부탁했다.

종업원이 친절하게 그 남자에게 다코를 그만 성가시게 하라고 타이르면서 안정시키려고 애썼다.

마침내 종업원이 그 사람을 자기 탁자로 돌려보냈다.

그러나 그 남자는 크게 다코에게 말했다.

"반드시 너를 찾아낼 거야. 이놈아!"

예상치 못한 사건 탓에 다코는 나가기로 맘먹었다.

좋았던 기분이 연기처럼 사라지고 화가 치솟았다.

다코는 서둘러 식당을 나왔다.

이 밤은 완전히 망쳤다.

오늘은 돈 많은 부자로 모든 것을 누리려 했는데...

화려한 식당에서 저녁 먹기, 고위층 사람과 연락하기, 예쁜 여자랑 같이 있기 등 이런 것들로 다른 사람이 되고 싶은 그런 날이었다.

그러나 함께 아프가니스탄에서 군 복무했던, 다코를 잘 아는 바보가 화나게 했다.

Dako decidis iri en iun bordelon por trankviligi sin, vokis taksion kaj ekveturis al la kvartalo ĉe "Kolomba Ponto" , kie estis kelkaj bordeloj.

Antaŭ la ponto Dako eliris el taksio kaj iris sur unu el la mallarĝaj obskuraj stratoj. Li bone konis la kvartalon, ĉar de tempo al tempo kutimis veni ĉi tien. Super vitra pordo de trietaĝa domo estis neonluma plato kun surskribo "Gastejo Rozaj Sonĝoj" . Li eniris ĝin. En la akceptejo staris kvindek-jara virino kun farbitaj haroj, nigraj kiel la nokto, ŝminkita vizaĝo, grandaj ruĝaj lipoj kaj brovoj, pentritaj per nigra krajono.

–Bonan vesperon – afable renkontis lin ŝi.

–Ĉu iu el la knabinoj estas libera? – demandis Dako sen respondi al ŝia saluto.   –Kian vi preferas?

–Ne gravas – diris li.

–La plej bela Simona estas en la kvina ĉambro.

–Bone – diris li kaj iris al la kvina ĉambro.

En tiu ĉi minuto li tute ne deziris scii ĉu Simona estas bela aŭ ne, ĉu nigrahara aŭ blonda. Li deziris esti kun virino por malstreĉigi sin, liberiĝi el la kolero, kiu ankoraŭ bolis en li. Enirante la ĉambron, Dako vidis junulinon, kiu trankvile kuŝis sur la lito. Ĉirkaŭ dudek-jara ŝi havis longan blondan hararon kaj sukcenkolorajn okulojn. La junulino ekridetis kaj kokete diris:

마음을 안정시키려고 어느 유곽에 가기로 마음먹고 택시를 불러 유곽이 많은 '**콜롬바 폰토**(비둘기 다리)'지역으로 차를 타고 갔다.

다리 앞에서 택시를 세우고 차에서 내려 작고 희미한 거리 중 하나로 걸어갔다. 습관적으로 이곳에 오기 때문에 이 지역을 잘 안다. 3층짜리 건물 유리문 위에 '여관 **로자 손조**(장미의 꿈)'라는 네온 불빛의 간판이 붙어 있었다. 그 안으로 들어갔다.

접수대에 50살 먹은 여자가 밤중처럼 까맣게 염색한 머리카락, 분칠한 얼굴, 과장하게 칠한 빨간 입술, 검은색 연필로 그린 눈썹을 하고 있었다.

"안녕하세요!" 여자가 상냥하게 맞이했다.

"아가씨 중 누가 한가한가요?"

다코는 인사에 답하지 않고 물었다.

"어떤 여자를 더 좋아하나요?"

"상관없습니다." 다코가 말했다.

"가장 예쁜 **시모나**가 5층 방에 있어요."

"알았어요."

다코는 말하고 5층 방으로 갔다. 이 순간에 시모나가 예쁜지 그렇지 않은지 금발인지 검은 머리인지 전혀 알고 싶지 않았다.

긴장을 풀고 아직 속에서 끓고 있는 화를 없애려고 여자랑 같이 있고 싶었다.

방에 들어가면서 침대 위에 조용하게 누워 있는 아가씨를 보았다. 대략 20살로 금발의 긴 머리카락에 호박색 눈을 가졌다. 아가씨가 살짝 웃으며 병아리처럼 말했다.

-Estas malvarme. Ĉu vi varmigos min?

Ja, ŝi surhavis nur helbluan diafanan noktoĉemizon. Dako paŝis al ŝi kaj ia peza densa nebulo kvazaŭ falis antaŭ liaj okuloj.

Post duonhoro li kuŝis en la lito ĉe la junulino. Ambaŭ silentis. La eta ĉambro kvazaŭ estis ie ekster la mondo, en la profunda kosmo, kie eĉ eta bruo ne aŭdiĝis.

Dako konsciis, ke baldaŭ li devos ekstari de la lito, foriros kaj denove estos sola en sia granda luksa loĝejo. Ĉiam sola. Li mem elektis la solecon. Li bone sciis, ke ne eblas loĝi kun virino. Lia vivo estas danĝera, sekreta kaj neniu devas enrigardi ĝin, nek viro, nek virino. Delonge jam li vivis ekster la leĝoj. Li subskribis sian mortkondamnon, paŝante sur fadenon, kiu iam subite ŝiriĝos kaj li falos en la abismon. Li mem elektis tiun ĉi vojon. Neniun li devas koni kaj neniu konu lin. Ĉiuj, kiuj iam konis lin, devas forgesi lin.

La ĉi-vespera stultulo en la restoracio estis Najden, el iu fora eta vilaĝo. Kiel li aperis en "Neptuno"? Eble ĝuste por fuŝi lian vesperon. Dako devas esti ombro, silueto kaj neniu povu diri kiel li aspektas, kiaj estas liaj haroj, okuloj. Eĉ Simona, ĉe kiu nun li kuŝas, devas tuj forgesi lin kaj diri, ke neniam, nenie ŝi vidis lin. Delonge jam Dako decidis kiel vivi.

"추워요, 저를 따뜻하게 해 주실래요?"

아가씨는 밝은 파란색의 투명한 잠옷 바람이었다. 다코가 가까이 다가갈수록 어떤 무거운 진한 안개가 눈앞에 내린 듯했다. 30분 후, 거친 숨을 몰아쉰 후 아가씨 옆 침대에 누웠다. 두 사람은 조용했다. 작은 방은 조그마한 소리조차 들리지 않는 깊은 우주 속에서 마치 세상 밖 어딘가에 누워있는 듯했다.

곧 침대에서 일어나야 한다. 다시 커다랗고 화려한 자기 집에서 혼자가 돼야 한다. 항상 혼자다. 스스로 외로움을 택했다. 여자와 함께 살 수 없다는 사실을 잘 안다. 다코의 삶은 위험하고 비밀스러워 남자든 여자든 그 누구도 그것을 깊숙이 들여다봐서는 안 된다. 오래전부터 이미 법 바깥에서 살고 있다. 사형 선고에 서명했고 언젠가 갑자기 끊어지는 선 위를 걸으며 깊은 나락으로 떨어질 것이다. 스스로 이 길을 선택했다. 자신이 그 누구를 알거나, 그 누구도 자신을 알아서는 안 된다.

이미 다코를 알고 아는 모든 사람은 다코를 잊어야만 한다. 오늘 밤 식당에서 만난 바보는 **나이덴**으로 어느 먼 작은 마을 출신이다.

'어떻게 넵투노 호텔에 나타났을까?'

그는 저녁을 망치려고 했다. 다코는 그림자나 실루엣이 되어야 한다. 그래서 그 누구도 다코가 어떻게 생겼는지 머리카락과 눈은 어떤지 말할 수 없어야 한다. 지금 함께 누워 있는 시모나조차도 곧 그를 잊어야 한다. 언제 어디서 그를 봤다고 말해서는 안 된다. 오래전부터 다코는 어떻게 살 것인지 결정했다.

Li ne havis parencojn, ne interesiĝis pri la gepatroj, kiuj ne scias kie li loĝas kaj verŝajne opinias, ke li ankoraŭ estas ie eksterlande.

Dako malrapide ekstaris de la lito. Estis bone, ke Simona silentis, eĉ ne demandis kio estas lia nomo. Li alrigardis ŝin tiel, kvazaŭ nun li vidas ŝin, ĵetis sur kafotablon kelkajn bankbiletojn kaj foriris senvorte.

친척도 없고 부모님에 관해서도 관심이 없다. 부모님들은 그가 어디 사는지도 모르고 정말로 그가 아직 외국에 있다고 생각했다. 다코는 천천히 침대에서 일어났다. 시모나가 그의 이름이 무엇인지 묻지도 않고 조용해서 좋았다. 마치 지금 처음 본 것처럼 그렇게 시모나를 보고 나서 커피 탁자 위에 지폐 몇 장을 놓고 말없이 나왔다.

8.

La novembra tago estis malhela, griza. Nuboj kovris la ĉielon. Blovis malvarma vento. Ĉio, la arboj kun la nudaj nigraj branĉoj, la sekaj flavaj folioj sub ili, la velkitaj aŭtunaj floroj kaj la herbo eligis triston. La grizkoloraj multetaĝaj domoj similis al senmovaj monstroj, kiuj pretis engluti senkulpajn viktimojn. Sur la stratoj la aŭtoj rapidegis, pelitaj de nevideblaj persekutantoj, subite haltis antaŭ la ruĝa lumo de la strataj semaforoj kaj iliaj bremsoj longe akre grincis.

Antaŭ la redaktejo de la tagĵurnalo "Telegrafo" haltis polica aŭto, el kiu eliris komisaro Pavel Silikov. Li eniris la konstruaĵon kaj demandis la pordiston ĉe la enirejo kie estas la kabineto de la ĉefredaktoro.

—Je la dua etaĝo, ĉambro 22 – klarigis afable la pordisto.

Silikov iris al la dua etaĝo kaj ekstaris antaŭ la pordo de kabineto 22, sur kiu estis ŝildo: "Miroslav Delev – ĉefredaktoro". Silikov frapetis je la pordo kaj kiam aŭdis "jes" malfermis ĝin kaj eniris. La kabineto estis vasta kaj komforta. Antaŭ la granda fenestro estis masiva skribotablo ĉe kiu sidis kvindek-jara dika viro kun okulvitroj, vestita en moderna ĉokoladkolora kostumo, blanka ĉemizo kaj kun ĉerizkolora kravato.

8장. 신문사 편집장 심문(審問)

11월의 하루는 어둡고 잿빛이다.
구름이 하늘을 뒤덮었다. 차가운 바람이 분다.
검은 가지의 헐벗은 나무들, 그 아래 마른 노란 낙엽들, 시든 가을꽃과 풀, 이 모든 것은 슬픔을 불러일으킨다.
회색빛 고층건물은 죄 없는 희생자들을 삼키려고 가만히 웅크리고 있는 괴물 같다.
도로에는 보이지 않는 핍박자에게 쫓긴 듯 자동차들이 빠르게 달리다가, 빨간 불빛 신호등 앞에서 갑자기 멈췄다. 브레이크 소리가 길고도 세게 끼익- 소리를 냈다.
텔레그라포 신문사 앞에 경찰차가 서고, 그 안에서 실리코브 위원이 나왔다.
건물로 들어가 입구에 있는 수위에게 편집장 사무실이 어디냐고 물었다.
"2층 22호실입니다."
수위가 친절하게 설명했다.
실리코브는 2층에 가서 22호실 문 앞에 섰는데, 그 위에는 편집장 **미로슬라브 델레브**라고 쓰인 명판이 붙어 있다.
실리코브는 문에 노크하고 '예' 소리가 나자 문을 열고 들어갔다.
사무실은 넓고 안락했다.
커다란 유리창 앞에 대형 책상이 있고, 거기에 50세의 뚱뚱한 남자가 앉아 있다.
안경을 썼고 최신 초콜릿 색 하얀 셔츠를 입고, 체리 색 넥타이를 맸다.

La viro rigardis la ekranon de la komputilo, sed kiam Silikov eniris, li tuj levis kapon.

Silikov prezentis sin, montrante la polican legitimilon.

–Bonan tagon, komisaro Pavel Silikov de la krimpolico.

La dika viro stariĝis kaj provis rapide paŝi al li.

–Mi estas Miroslav Delev ‒ la ĉefredaktoro. Kiel mi helpu vin? ‒ demandis li kaj invitis Silikov sidiĝi ĉe la longa tablo, ĉe kiu kolektiĝis la redaktoroj, kiam pridiskutis la enhavon de la nova numero de la ĵurnalo.

Silikov sidiĝis kaj ekparolis:

–Vi jam scias. Hieraŭ estis pafmurdita via kolegino Maria Kirilova.

–Jes ‒ diris Delev, rigardante funebre ‒ estas granda tragedio por ĉiuj ni kaj ŝia familio.

–Mi deziras demandi vin pri ŝia laboro en la ĵurnalo. Ĉu ŝia ĵurnalista agado povas esti kialo de la murdo?

Delev ne respondis tuj. Lia rigardo direktiĝis al la hodiaŭa "Telegrafo", kiu kuŝis sur la tablo kaj kvazaŭ li deziris rememori ĝian enhavon. Post iom da tempo li levis kapon. Liaj okuloj havis strangan blugrizan koloron kaj Silikov ne povis precize diri ĉu ili estas grizaj aŭ helbluaj.

–Al tiu ĉi demando ne estas facile respondi.

남자는 컴퓨터 화면을 바라보다가 실리코브가 들어오자 곧 고개를 들었다.

실리코브는 경찰신분증을 보이며 자신을 소개했다.

"안녕하십니까? 범죄 사건을 담당하는 파벨 실리코브 위원입니다."

편집장은 일어나서 서둘러 가까이 오려고 했다.

"저는 편집장 미로슬라브 델레브입니다.

무엇을 도와드릴까요?"

질문하면서 신문의 새로운 호를 기획할 때 편집자들이 모이는 긴 탁자에 앉도록 안내했다.

실리코브는 앉아서 말을 꺼냈다.

"벌써 아시겠지만, 어제 동료인 마리아 키릴로바 기자가 총에 맞아 죽었습니다."

"예,"

애도하듯 쳐다보면서 델레브가 말했다.

"우리 모든 직원과 그녀 가정에 커다란 슬픔이죠."

"신문사에서 그녀의 업무에 관해 묻고 싶습니다.

기자로서 한 일들이 살인 원인일까요?"

델레브는 바로 대답하지 않았다.

탁자 위에 놓여 있는 오늘 자 텔레그라포 신문을 바라보면서 마치 그 내용을 기억하려고 하는 듯했다.

조금 뒤 고개를 들었다.

그 눈동자는 색다른 파란 잿빛이라 정확히 회색인지 밝은 파란색인지 말할 수 없다.

"이 질문에는 쉽게 대답할 수 없습니다.

En la ĵurnalo aperas kritikaj artikoloj, verkitaj de niaj ĵurnalistoj. Oni telefone minacas nin, sed la minacoj estas direktitaj pli ofte al mi kiel ĉefredaktoro. Mi ne estas certa ĉu Maria verkis iun artikolon, kiu estis la kialo de ŝia murdo kaj ĉu oni minacis ŝin.

–Kia ĵurnalistino ŝi estis? – demandis Silikov.

–En la ĵurnalo laboras pli ol kvindek ĵurnalistoj kaj mi bone konas preskaŭ ĉiujn. Maria estis diligenta. Ĉiam precize kaj ĝustatempe ŝi plenumis siajn taskojn, neniam malfruis, verkis interesajn artikolojn, sed la ĉeftemoj de ŝiaj artikoloj estis la aktualaj socialaj problemoj.

Delev eksilentis, iom ordigis la nodon de sia kravato, sed Silikov ne komprenis ĉu li deziras aldoni ankoraŭ ion aŭ atendas aliajn demandojn. Silikov jam komprenis, ke eble nenion gravan li ekscios pri la laboro de Maria, aŭ nenion, kio povas direkti lin al la kialo de la mistera murdo. El la vortoj de Delev li konkludis, ke Maria estis ordinara ĵurnalistino, kiu de tempo al tempo verkis kaj aperigis iajn artikolojn, sed ili ne estis sensaciaj kaj certe la legantoj eĉ ne legis ilin. Do, plej verŝajne ŝia ĵurnalista agado ne povis esti kialo de la murdo.

–Dankon – diris Silikov. – Vi menciis, ke bone konas preskaŭ ĉiujn ĵurnalistojn, kiuj laboras ĉe la ĵurnalo.

신문에는 우리 기자들이 쓴 비판적인 기사가 실립니다. 전화로 우리에게 협박하지만 주로 편집장인 저를 겨냥하고 있습니다. 나는 마리아 기자가 살인 동기가 된 기사를 썼는지 사람들이 그녀를 위협했는지 정확히 알지 못합니다."

"어떤 기자였나요?"

실리코브가 물었다.

"신문사에는 50명이 넘는 기자가 일하고 있습니다. 거의 모든 직원을 잘 알고 있습니다. 마리아 기자는 부지런했습니다. 과제를 정확하고 때맞춰서 수행하고 늦지 않게 흥미로운 기사를 작성했습니다. 하지만 기사의 주 내용은 사회문제였습니다."

델레브는 넥타이 매듭을 조금 다듬으며 말이 없어, 실리코브는 아직 뭔가를 덧붙이기 원하는지 아니면 다른 질문을 기다리는지 알지 못했다. 아마도 마리아의 업무에 대해 중요한 부분을 알지 못하고, 살인 동기라고 지목할 아무 내용이 없음을 실리코브는 눈치챘다.

델레브의 말에서 마리아는 때때로 기사를 써 기사가 신문에 나오지만, 사회적 영향력은 없고 분명히 독자가 그것을 읽기조차 하지 않는 평범한 기자라고 결론지었다. 그래서 가장 그럴듯한 취재 내용이 살인 이유가 될 수 없었다.

"감사합니다."

실리코브가 말했다.

"편집장님이 신문사에 일하는 모든 기자를 거의 잘 알고 있다고 말씀하셨는데요.

Mi ne dubas, ke vi, kiel serioza estro, konas ne nur ilian ĵurnalistan agadon. Ja, ĵurnalistoj estas emociaj personoj.

–Vi pravas – iom vigliĝis Delev. Verŝajne plaĉis al li, ke Silikov aludis, ke li estas sperta estro. – Mi bone konas ilin.

–Mi supozas, ke same la rilatojn inter ili⋯

–Pli malpli – iom hezite respondis Delev.

–Bone komprenu min – fiksrigardis lin Silikov. – Mi ne deziras demandi vin pri klaĉoj kaj pikantaĵoj⋯

Delev tuj ĉesigis lin, ĉar komprenis kien celas Silikov kaj rapide certigis sin:

–Kaj vi same bone komprenu min. Neniam mi enmiksiĝis en la intiman vivon de miaj kolegoj.

–Klare – iom indigne diris Silikov. – Mi demandos rekte: ĉu Maria havis amanton en la redaktejo?

Delev kuntiris brovojn kaj lia mieno iĝis rigora.

–Pri amanto mi ne scias. Ŝi estis bela, ĉarma kaj multaj kolegoj amindumis ŝin.

–Do, interese. Ĉu ŝi provokis ilin? – demandis Silikov.

–Tute ne, laŭ mi. Ja, ŝi estis edzinita. Mi ne konas ŝian edzon, sed oni diras, ke ŝia familia vivo estis senriproĉa.

–Dankon. Verŝajne mi havos aliajn demandojn kaj mi denove vizitos vin.

중요한 책임자로서 기자의 일거수일투족을 모른다고 의심하지 않습니다. 정말 기자는 감정노동자거든요."

"맞습니다." 델레브는 조금 밝아졌다. 실리코브가 그가 유능한 책임자라고 언급해서 정말 마음에 든 것 같다.

"내가 그들을 잘 압니다."

"직원들의 관계도 마찬가지로 알 거라고 짐작합니다." 다소 주저하며 델레브가 대답했다.

"저를 이해해 주세요." 실리코브가 똑바로 바라보았다.

"잡담이나 나누고 자극적인 내용을 묻고 싶어 온 것이 아닙니다."

델레브는 곧 말을 멈추게 했다. 왜냐하면, 실리코브가 무슨 목적으로 그렇게 말하는지 알아채고 급히 자신을 두둔하기 위해서. "저를 이해해 주세요. 우리 직원들의 사적인 삶에 절대 개입하지 않아요."

"분명하네요." 조금 화를 내며 실리코브가 말했다.

"직접 묻겠습니다. 마리아 기자가 편집실에서 좋아하는 사람이 있나요?"

델레브는 눈썹을 찡그리며 표정이 굳어졌다.

"애인에 대해 나는 모릅니다. 그녀는 예쁘고 매력적이라 많은 동료 기자가 그녀를 좋아해요."

"그럼 흥미롭네요." "그녀가 먼저 다가가나요?"

"내가 보기에 전혀 그렇지 않아요. 그녀는 결혼했죠. 남편을 잘 모르지만, 가정생활은 나무랄 것이 없다고 사람들이 말합니다."

"감사합니다.

다른 질문이 있을 때 다시 찾아뵙겠습니다."

—Mi estos ĉiam je via dispono – iom klinis kapon Delev.

—Ĝis revido – diris Silikov kaj rapidis eliri el la kabineto.

Sur la strato Silikov diris al la ŝoforo, ke piediros kaj la aŭto forveturis. Silikov daŭrigis piede sur bulvardo "Danubo". Estis la deka kaj duono kaj li eniris kafejon "Vieno", kiu estis lia ŝatata kafejo. Kiam estis studento kaj studis juron, li ofte venis ĉi tien. En "Vieno" li renkontiĝis kun amikoj kun kiuj pasigis horojn en agrablaj konversacioj. Tiam ĉi tien venis gestudentoj el diversaj fakultatoj kaj en "Vieno" li konatiĝis kun Rita, la edzino.

Tiam Rita studis medicinon kaj Pavel neniam forgesos la tagon, kiam unuan fojon vidis ŝin. Estis en majo, la plej bela monato. Rita venis en la kafejon kun du siaj koleginoj. Jam ĉe la enirejo Pavel rimarkis ŝin. Tian belan junulinon ĝis tiam li ne vidis. Rita havis longajn antracitkolorajn harojn kaj grandajn okulojn kun smeraldaj briloj. Ŝia ne tre alta korpo similis al delikata arbido. Mi nepre devas konatiĝi kun tiu ĉi belulino, diris al si mem Pavel kaj komencis mediti kiel li proksimiĝu al tri junulinoj, kiuj eksidis ĉe tablo, proksime al enirejo.

Pavel rimarkis, ke unu el ili elprenis cigaredskatolon kaj bruligis cigaredon.

"나는 항상 여기 있습니다."

델레브가 고개를 숙였다.

"안녕히 계십시오."

실리코브는 서둘러 사무실을 나왔다.

도로에서 실리코브는 운전사에게 걸어가겠다고 말했다.

실리코브는 계속 신작로 '**다누보**' 위를 걸었다.

10시 30분에 좋아하는 카페 '**비에노**'로 들어갔다.

대학생 시절, 법을 공부할 때 여기에 자주 왔다.

비에노에서 친구들을 만나고 즐거운 대화를 나누며 시간을 보냈다.

그때 여러 학과 학생들이 비에노에 와서 부인 **리타**를 알게 되었다.

당시 리타는 의학을 공부했고, 처음 만난 날을 결코 잊을 수 없다.

5월 가장 예쁜 달이었다.

리타는 카페에 여자친구 두 명과 함께 왔다.

이미 입구에서 파벨은 그녀를 보았다.

지금까지 그렇게 예쁜 아가씨는 본 적이 없었다.

무연탄색 긴 머리카락에 비췻빛이 나는 눈을 가졌다.

묘목 같이 그렇게 큰 키는 아니었다.

파벨은 혼잣말로 '이렇게 예쁜 아가씨랑 반드시 알고 지내야지' 하고 말하고 입구 근처 탁자에 앉은 아가씨 세 명에게 어떻게 다가갈까 생각하기 시작했다.

파벨은 세 명 중 한 명이 담뱃갑에서 담배를 꺼내 불붙이는 것을 보았다.

Tuj li iris al ili kaj petis de la knabino la alumetskatolon por bruligi sian cigaredon. Ŝi afable donis ĝin al li. Pavel bruligis la cigaredon kaj poste demandis ĉu la knabinoj permesos, ke li sidiĝu ĉe ili. Ili kompreneble permesis. Ja, tiam li same estis sufiĉe alloga: alta, nigrahara kun korpo de atleto, unu el la plej bonaj naĝistoj en la naĝteamo de la universitato.

Eksidante ĉe la tablo Pavel komencis konversacii kun la knabinoj, rakontis kelkajn anekdotojn kaj demandis ilin kion studas. Tiel li eksciis kie ili studas kaj kiuj estas iliaj nomoj. Kiam la knabinoj ekiris, li akompanis ilin. "Ja, jam kiel studento mi strebis demandadi kaj starigi konvenajn demandojn, diris al si mem Pavel ŝerce."

Post tiu ĉi unua renkontiĝo kaj konatiĝo li komencis regule renkontiĝi kun Rita. De tiam pasis pli ol dudek jaroj, sed ĉiam, kiam li eniris kafejon "Vieno" agrabla emocio obsedis lin.

Nun Pavel mendis kafon kaj sidiĝis ĉe la tablo, kie tiam sidis Rita kun siaj koleginoj. Hrisi, la juna servistino, alportis la kafon kaj afable demandis:

–Kiel vi fartas, sinjoro Silikov?

Ŝi tre bone konis lin, unu el la konstantaj vizitantoj de "Vieno".

바로 그들에게 가서 자기도 담배 피우려고 성냥갑을 달라고 부탁했다.

친절하게 그것을 내주었다.

파벨은 담뱃불을 붙이고 나중에 같이 자리에 앉아도 되냐고 물었다.

그때 파벨은 대학 수영팀의 가장 뛰어난 수영선수로 운동선수의 몸에 검은 머리카락, 키도 훤칠해 충분히 매력적이었다.

탁자에 앉아서 아가씨들과 대화하면서 몇몇 주제를 나열하며 무엇을 공부하냐고 물었다.

그렇게 해서 어디서 공부하고 이름이 무엇인지 알게 되었다.

아가씨들이 일어나자 같이 걸었다.

'대학생으로서 적당한 질문을 하려고 애썼지.'

파벨은 농담으로 혼잣말했다.

이 첫 만남으로 알게 된 뒤 리타를 만나기 시작했다.

그 후 20년이나 지났지만, 카페 비에노에 들어갈 때면 항상 상쾌한 감정이 가슴에 차올랐다.

지금 파벨은 커피를 주문하고 당시 리타와 동료 학생들이 앉았던 그 탁자에 앉았다.

젊은 여종업원 **흐리시**는 커피를 가져와서 상냥하게 물었다.

"잘 지내시죠? 실리코브 위원님."

비에노의 단골인 그를 흐리시는 아주 잘 안다.

-Dankon Hrisi – respondis Pavel, - sed vi scias, ke ni, la policanoj, fartas bone nur kiam ni ne havas laboron. Kiam estas laboro, ni ne fartas bone.

-Verŝajne denove okazis granda krimo?

-Jes.

-Sed dum la lastaj tagoj en la televidaj novaĵoj ne estis informo pri ia krimo – rimarkis Hrisi.

-Ne necesas ĉiam maltrankviligi la homojn – diris Pavel. – Sufiĉas, ke ni maltrankviliĝas kaj streĉiĝas.

Hrisi ekridetis kaj foriris. Pavel komencis malrapide trinki la aroman kafon. Eble Maria same kutimis veni ĉi tien, meditis li, la kafejo estis tre proksime al la redaktejo de "Telegrafo".

Daŭre Silikov demandis sin: kiu murdis Maria-n kaj kial. Ĉu iel Maria provokis la murdiston? Li deziris scii pli pri ŝia vivo. Kia ŝi estis? De Delev, la ĉefredaktoro, Silikov eksciis, ke Maria estis diligenta, serioza ĵurnalistino, sed kiel ŝi rilatis al la gekolegoj, al la parencoj? Kion ŝi ŝatis? Ĉu ŝi renkontiĝis kun diversaj homoj? Verŝajne ŝi intervjuis ilin. Kio estis ŝia ŝatata okupo? Kiel ŝi pasigis la liberan tempon? La demandoj estis sennombraj. Ĉu la respondoj de ili helpos lin trovi la murdiston? Maria estis bela virino kaj li sentis doloron pro ŝia morto.

"감사해요. 흐리시 양." 파벨이 대답했다.
"하지만 알다시피 우리 경찰은 일이 없을 때만 편안히 지내요. 일이 있으면 잘 지내지 못하죠."
"또 큰 범죄가 일어났나요?"
"예."
"하지만 텔레비전 뉴스에서 범죄 소식이 없었는데요."
흐리시가 아는 척했다.
"항상 사람들을 불안하게 할 필요는 없지요."
파벨이 말했다.
"우리만 불안하고 긴장하는 것으로 충분하죠."
흐리시는 살짝 웃고 돌아갔다. 파벨은 천천히 향기 나는 커피를 마시기 시작했다.
'아마 마리아도 여기에 자주 왔겠지. 카페가 텔레그라포 편집실에서 아주 가까우니까.'
파벨은 생각했다. 계속 실리코브는 궁금했다.
'누가 마리아를 죽였을까? 왜? 마리아는 살인자에게 어떤 식으로 자극을 주었을까?'
파벨은 마리아의 삶을 더 잘 알고 싶었다.
'그녀는 어떤 성격일까? 편집장 델레브에 따르면 마리아는 부지런하고 신중한 기자인 듯한데 직장동료와 가족 간 관계는 어떤가? 무엇을 좋아하는가? 여러 사람과 교류하는가? 많은 사람을 인터뷰한다. 좋아하는 일은 무엇인가? 여가는 어떻게 보내는가?'
질문은 셀 수 없을 정도다.
'질문에 대한 대답이 살인자를 찾는 데 도움이 될까?'
마리아가 예쁜 여자라 죽음의 고통이 더 와닿는다.

Dum sia dudek-jara laboro ĉe la polico, li ĉiam dolore travivis la tragikajn okazojn, ne povis esti indiferenta al la homaj tragedioj. Nun denove atendis lin longa kaj streĉa laboro, tamen li estis firme konvinkita, ke malgraŭ ĉiuj komplikaĵoj, li trovos la murdiston.

Silikov vokis la kelnerinon, pagis la kafon kaj foriris. Ekstere daŭre estis malhele kaj nube kiel matene kaj malvarmeta vento pelis la flavajn foliojn surstrate.

경찰에서 20년간 근무하는 동안 항상 비극적인 사건을 다루지만, 사람들의 비극에 무관심할 수는 없다.

지금 다시 길고도 긴장케 하는 일이 기다린다.

실리코브는 어떤 복잡한 일이라도 살인자를 반드시 찾아내겠다고 굳세게 다짐했다.

실리코브는 여종업원을 불러 커피값을 치르고 나왔다. 밖은 여전히 어둡고 아침처럼 구름이 끼고 찬바람이 거리의 누런 잎을 날리고 있다.

9.

Pavel Silikov ekflaris la tiklan kafaromon. Ankaŭ ĉi-matene Rita pli frue vekiĝis ol li kaj jam kuiris la kafon. Por Pavel la plej granda plezuro en la vivo estis la trinko de la matena kafo. Por li tio estis rito. Ĉiun matenon li vekiĝis je la sesa horo, eniris la banejon, banis sin, razis sin kaj poste freŝigita, en bona humoro, li eniris la kuirejon. Sur la manĝotablo jam estis la taso kun la varma kafo. Pavel havis specialan kafoglason, kiu estis iom pli granda kaj entenis ne unu, sed du kafodozojn. La glaso estis blanka, farita el tre fajna ĉina porcelano kaj sur ĝi per blua koloro estis pentrita bela trimasta velŝipo. Ĉiuj hejme sciis, ke tio estas la glaso de Pavel kaj neniu alia uzis ĝin.

Rita verŝis la kafon en la glasojn kaj ambaŭ komencis malrapide trinki. Ŝi ridetis, rigardante per kia plezuro Pavel trinkas la kafon.

-De du tagoj vi estas tre silentema - diris Rita. - Ĉu vi denove havas laborproblemojn?

Pavel alrigardis ŝin. Rita estis bona psikologo kaj ĉiam senerare konstatis kiam Pavel havis problemojn aŭ kiam io ĝenis lin, malgraŭ ke li provis kaŝi de ŝi siajn zorgojn. Dum tiom da jaroj Pavel ne povis klarigi al si mem kiel Rita tiel facile divenas lian animstaton.

9장. 파벨 실리코브와 리타 가정

파벨 실리코브는 코를 간지럽히는 커피 향기를 맡았다. 오늘 아침에도 역시 아내가 먼저 일어나 커피를 탔다. 파벨에게 삶에서 가장 큰 기쁨은 아침에 커피를 마시는 것이다. 그에게 그것은 의식(儀式)이다.

매일 아침 6시에 일어나 욕실에 들어가서 씻고 면도한다. 나중에 시원해서 좋은 기분으로 부엌에 들어갔다. 식탁에는 이미 따뜻한 커피가 든 잔이 놓여 있다. 파벨은 조금 특별한 커피잔을 가지고 있는데, 거기에 하나가 아닌 두 개의 커피 봉지를 탔다. 잔은 하얗고 매우 예쁜 중국산 도자기로 만들어졌다.

잔 위에는 파란색으로 돛이 3개 달린 큰 배가 그려져 있다. 집안 모든 사람은 그것이 파벨의 잔임을 알고 아무도 그것을 사용하지 않는다.

리타는 잔에 커피를 쏟아붓고 둘은 천천히 마시기 시작한다. 그녀는 남편이 얼마나 맛있게 커피 마시는지 쳐다보고 살짝 웃는다.

"이틀 전부터 매우 조용하시네요."

리타가 말했다.

"다시 직장에서 문제가 있나요?"

파벨이 아내를 쳐다보았다. 아내는 유명한 심리학자로 아무리 걱정거리를 숨기려고 애써도 항상 정확하게 파벨에게 언제 문제가 있는지 무엇이 그를 괴롭히는지 맞췄다. 그 많은 세월 리타가 어떻게 그리 쉽게 남편의 마음 상태를 알아내는지 자신도 설명할 수 없다.

Ĉu laŭ lia rigardo aŭ laŭ iuj liaj nevolaj gestoj. Tio estis ŝia sekreto kaj Rita neniam diris al li kiel ŝi tiel facile senvualigas liajn sentojn. Pavel eĉ opiniis, ke por Rita li estas kiel malfermita libro, kiun ŝi senpene legas.

–Jes – diris li – de du tagoj mi estas premita kaj vi vidas tion.

–Kio okazis?

–Denove murdo. Iu murdis junan virinon. Du tagojn jam ni esploras la murdon, sed ne sukcesas trovi la fadenon, kiu helpos nin malplekti la krimon. Mi ne trovas la kialon, la motivon pri tiu ĉi murdo.

Rita bone sciis, ke Pavel tute ne emas paroli pri sia laboro kaj tre malofte li diris ion, sed nun ŝajne li bezonis rakonti al ŝi pri tiu ĉi krimo.

–Vi tre emocie travivas la murdojn – diris Rita – kaj ne la kialo, kiun vi ne trovas, sed la doloro pri la murdito premas vin.

–Eble vi pravas, tamen la unuaj kvin tagoj estas la plej gravaj por la solvo de la enigmo. Se ni ne sukcesos dum la unuaj kvin tagoj trovi la murdiston, poste estos ege malfacile. Ni jam perdis du tagojn.

–Vi diris, ke oni murdis junan virinon – daŭrigis Rita. – Eble temas pri seksmaniulo aŭ pri seria murdisto? Ĉu ne estis aliaj similaj murdoj dum la lastaj monatoj?

그의 시선인가? 어떤 의도하지 않은 그의 행동인가? 그것은 그녀의 비밀이고, 리타는 결코 어떻게 그리 쉽게 남편의 감정의 베일을 벗겨내는지 그에게 말하지 않는다. 파벨은 리타에게 자신은 힘들지 않고 읽는 열린 책과 같다고 생각할 정도였다.

"맞아." 그가 말했다.

"이틀 전부터 눌리고 있어. 그것을 알아차렸네."

"무슨 일인가요?"

"또 살인 사건이야. 누가 젊은 여자를 죽였어. 이틀간 이미 사건을 조사했지만, 범인을 잡는 데 도움이 되는 단서조차 아직 발견하지 못했어. 이 살인에 대한 이유나 동기를 찾지 못했어."

리타는 남편이 자기 일을 잘 말하려 하지 않는다는 것을 잘 안다. 아주 가끔 말하는데, 지금 이 범죄에 관해 이야기하고 싶어하는 것처럼 보였다.

"당신은 꽤 감정적으로 살인을 다루고 있어요."

리타가 말했다.

"당신이 발견하지 못한 것은 이유가 아니고 살인에 대한 고통이 당신을 압박하고 있어요."

"당신 말이 맞을 거야. 하지만 처음 5일이 수수께끼를 푸는 데 가장 중요해. 처음 5일간 살인자를 찾지 못하면 나중에는 아주 많이 어려워져. 우리는 벌써 이틀을 허비했어." "누가 젊은 여자를 죽였다고 말했죠?"

리타가 계속 말했다.

"아마도 성에 굶주린 자나 연쇄 살인범과 관련 있는 것 같아요. 지난 몇 달간 비슷한 살인 사건이 없었나요?"

-Ne. Certe ne temas pri seksmaniulo – respondis Pavel. – Tamen kio okazas ĉe vi en la hospitalo? – demandis li por ĉesigi la konversacion pri siaj laborzorgoj.

Li kaj Rita malfrue revenis ĉiun vesperon hejmen kaj tial ili kutimis konversacii matene dum la kafotrinkado.

-Nenio novas en la hospitalo – diris Rita. – Iuj el la malsanuloj estas dankemaj al ni, aliaj – ne tre.

Rita same ne ŝatis paroli pri sia laboro. Ŝi estis sperta ĥirurgo kaj Pavel ege fieris pri ŝi.

-Jes, vi, la kuracistoj, fizike kuracas ilin kaj ni, la policanoj, – anime. Kaj vi, kaj ni aŭ sukcesas, aŭ ne sukcesas –konkludis Pavel.

-Gravas, ke ni deziras plenumi nian laboron diligente – diris Rita.

Rita ĉiam strebis esti perfekta kaj tio videblis en ŝia rigardo, en ŝiaj helverdaj okuloj, kiuj radiis ambicion kaj deziron, ke ĉio, kion ŝi faras, estu bonega.

-Do, mi eku. La taskoj min atendas – diris Pavel kaj komencis prepari sin por foriro.

-Same mi devas esti hodiaŭ pli frue en la hospitalo. Estos grava operacio – diris Rita.

Rita estis unu el tiuj virinoj, kiuj entute dediĉis sin al la familio.

"없었어. 분명 성에 굶주린 자는 아냐."

파벨이 대답했다.

"그런데 당신 병원에선 무슨 일이 있었나?"

일과 관련된 대화를 멈추려고 파벨이 질문했다. 두 사람은 매일 밤늦게 집에 돌아온다. 그래서 아침에 커피 마시는 중에 대화하곤 했다.

"병원에 새로운 것은 아무것도 없어요."

리타가 말했다.

"병원에서 누군가는 감사하고 다른 사람은 그렇게 감사하지 않아요."

리타도 마찬가지로 자기 일에 대해 말하는 것을 좋아하지 않는다. 그녀는 유능한 외과 의사로 파벨은 아내를 자랑스러워한다.

"그래, 당신은 육체적으로 그들을 치료하고 우리 경찰관들은 정신적으로 하지. 그리고 당신과 우리는 성공하기도 하고 실패하기도 해." 파벨이 결론지었다.

"우리는 우리가 맡은 일을 부지런히 하는 것이 중요해요." 리타가 말했다. 리타는 항상 완벽해지려고 노력했다. 그녀의 시선이나 밝고 푸른 눈에서 그 모습을 엿볼 수 있다. 그녀의 눈동자는 자신의 모든 일을 잘 해내려는 야심과 소원으로 빛났다.

"그럼 일어납시다. 일이 우리를 기다려."

파벨이 출발할 채비를 했다.

"저도 오늘 병원에 더 빨리 가봐야 해요. 중요한 수술이 잡혀 있어요." 리타가 말했다. 리타는 자신을 가정에 완전히 바치는 그런 여자 중 하나였다.

Ŝi ĉiam strebis iel helpi Pavel, tre bone komprenis, ke lia laboro estas streĉa, ege respondeca kaj pro tio ŝi certigis al li trankvilon hejme. Rita tute ne ŝatis okupi Pavel per superfluaj konversacioj kaj tre malofte parolis pri sia laboro en la hospitalo. Ŝi sciis kaj vidis, ke Pavel tre serioze rilatas al sia laboro kaj okazis, ke ofte dum tagoj li ne estis hejme, kiam la polico devis serĉi danĝeran krimulon. Rita amis sian profesion, tamen por ŝi pli grava estis la familia vivo kaj la trankvila bona etoso en la familio.

Antaŭ du jaroj oni proponis al Rita labori eksterlande. La kondiĉoj estis bonegaj: alta salajro, luksa loĝejo, multaj privilegioj, tamen Rita ne akceptis. Ŝi sciis, ke Pavel neniam konsentos forlasi sian laboron kaj ekloĝi eksterlande. Rita sentis, ke sen Pavel ŝia vivo ne estos feliĉa.

항상 어떻게든 남편을 도우려고 애쓰고, 남편의 일이 긴장되고 책임이 큰 일이라는 것을 잘 안다.

그래서 집에서 남편에게 안정을 주려고 한다.

리타는 수다로 남편을 독차지하는 것을 좋아하지 않고 아주 가끔 병원에서의 일을 말한다.

남편이 중요한 일을 처리하고, 위험한 범인을 찾아야 할 때는 며칠간 집에 없는 날도 생겼다.

리타는 자신의 직업을 좋아하지만, 가정생활과 가정에서 조용하고 좋은 분위기가 더욱 중요하다.

2년 전에 리타에게 외국에서 일하라는 제안이 있었다. 조건이 아주 좋았다. 급여도 많고 비싼 아파트에 우선권도 많았지만 리타는 거절했다. 남편이 결코 자기 일을 그만두고 외국으로 가는 일에 동의하지 않을 테니 말이다. 리타는 남편 없는 인생은 행복하지 않다고 느꼈다.

10.

En la policejo Pavel Silikov vokis telefone Marin Kalev, la serĝenton. Post kelkaj minutoj Kalev eniris lian kabineton kaj salutis lin:

–Bonan matenon, sinjoro komisaro.

–Bonan matenon. Sidiĝu – kaj Silikov montris al Kalev la seĝon antaŭ la skribotablo. – Raportu, serĝento Kalev, kion konstatis la esplorgrupo pri la murdo de Maria Kirilova.

Kalev alrigardis iom konfuzite Silikov-on kaj komencis embarasite paroli:

–Oni konstatis, ke la virino estis pafmurdita per pistolo naŭmilimetra. La du kugloj estas trovitaj.

–Ĉu vi trovis la pistolon? – demandis Silikov.

–Ankoraŭ ne.

–Kaj ĉu pere de la kugloj vi konstatis ĉu per la sama pistolo antaŭe estis pafmurdita iu?

–Tute ne. Ni komparis la rezultojn. Antaŭ tri monatoj estis alia murdo, sed per tute alia pistolo – klarigis Kalev.

–Tio ne tre helpas nin – zorgmiene diris Silikov.

Per la dekstra mano li iom glatigis sian griziĝantan hararon kaj alrigardis la kalendaron, kiu staris sur la skribotablo. Liaj okuloj estis ŝtalkoloraj kaj lia rigardo – penetranta.

10장. 마리아의 장례식장

경찰서에서 파벨 실리코브는 전화로 마린 칼레브 경사를 불렀다. 몇 분 뒤 칼레브가 사무실에 들어와서 인사했다.
"안녕하십니까? 위원님."
"안녕, 자리에 앉게."
실리코브가 책상 앞에 있는 의자를 가리켰다.
"보고해보게. 칼레브 경사! 마리아 키릴로바 살인 사건에 대해 수사팀에서는 무엇을 확인했는가?"
칼레브는 조금 당황해서 실리코브를 보고 머뭇거리며 말하기 시작했다.
"여자가 구경(口徑) 9mm 총에 맞아 죽은 것을 확인했습니다. 두 발을 발견했습니다."
"총은 찾았나?" 실리코브가 물었다.
"아직 못 찾았습니다."
"총구를 봐서 같은 총으로 전에 누가 죽었는지 확인했나?"
"아닙니다. 결과를 비교했습니다.
석 달 전에 다른 살인 사건이 있었는데 전혀 다른 총이었습니다."
칼레브가 설명했다.
"그것은 우리에게 도움이 안 되는군."
걱정하는 자세로 실리코브가 말했다.
오른손으로 희어져 가는 머리카락을 조금 가지런히 하고 책상 위에 있는 달력을 바라보았다.
그의 눈은 강철색이고 시선은 꿰뚫는 듯하다.

Malgraŭ la aĝo, Silikov havis atletan fortan korpon kaj Kalev supozis, ke li regule sportas.

-Ĉu vi pretigis la liston kun la nomoj de parencoj, geamikoj kaj gekolegoj de Maria Kirilova? – demandis Silikov.

-Jes – diris Kalev kaj donis al li la liston.

Silikov prenis ĝin kaj komencis legi la nomojn.

-Ĉu vi demandis kiu el la gekolegoj de Maria estis en tre bonaj rilatoj kun ŝi aŭ kiu estis ŝia plej bona amikino?

-Jes – tuj respondis Kalev. – Ŝia plej bona amikino estis Slava Angelova – ĵurnalistino. Slava estas iom pli aĝa ol Maria, tre sperta ĵurnalistino kaj oni diras, ke ŝi multe helpis Maria-n.

-Bone. Mi renkontiĝos kaj parolos kun ŝi – diris Silikov kaj denove iom glatigis sian hararon. – Kaj kion vi planas hodiaŭ? – demandis li.

-Hodiaŭ je la dek-sesa horo estas la entombigo de Maria – diris Kalev.

-En kiu tombejo?

-En tombejo "Arĝenta Kruco" en loĝkvartalo "Lazuro".

-Mi estos tie. Verŝajne mi rimarkos ion aŭ ekscios ion, kion ni ankoraŭ ne scias – diris Silikov.

Kalev eliris kaj Silikov restis sola en la kabineto.

나이에도 불구하고 실리코브는 운동선수 같은 강한 몸을 가지고 있어 칼레브는 그가 규칙적으로 운동한다고 짐작했다.

"마리아 키릴로바의 친척, 친구, 직장동료 명단을 적은 목록을 준비했나?" 실리코브가 물었다.

"예." 칼레브가 대답하고 목록을 내밀었다.

실리코브는 종이를 들고 이름을 읽기 시작했다.

"마리아의 직장동료 중 누가 가장 좋은 관계였는지, 누가 가장 좋은 친구인지 물어봤나?"

"예." 곧 칼레브가 대답했다.

"가장 좋은 친구는 슬라바 안겔로바 기자입니다. 슬라바 기자는 마리아 기자보다 조금 더 나이가 많고 유능한 기자로 그녀가 마리아를 많이 도와주었다고 사람들이 말했습니다."

"알았네. 내가 만나서 이야기해 볼게."

실리코브가 말하고 다시 머리카락을 조금 가지런히 했다.

"그리고 오늘 무슨 계획이 있나?"

그가 물었다.

"오늘 오후 4시에 마리아 기자의 장례식이 있습니다."

칼레브가 말했다.

"어느 장례식장에서?"

"라주로 지역에 있는 **아르젠타 크루겔 장례식장**입니다."

"내가 거기 가겠네. 우리가 아직 알지 못한 무언가를 알아내야지."

실리코브가 말했다.

칼레브가 나가고 실리코브는 사무실에 혼자 남았다.

Li denove alrigardis la kalendaron kaj skribis ion en la notlibreton, kiu kuŝis antaŭ li, sur la skribotablo. Maria, meditis li, estis ne tre konata ĵurnalistino. Ŝia kolegino kaj amikino Slava Angelova estas pli konata. Silikov jam aŭdis aŭ verŝajne legis ion de Slava Angelova. "Plej bone oni povas ekkoni iun homon de liaj vortoj aŭ de tio, kion li verkas. Pere de la verkado la homo esprimas siajn pensojn, emociojn, la rilatojn al la aliaj homoj, al la problemoj, al la ĉiutaga vivo, meditis Silikov. Mi devas tralegi iujn artikolojn de Maria."

Li ekstaris, alpaŝis al la hokaro, prenis kaj surmetis sian nigran mantelon kaj eliris el la kabineto.

La ĉefurba biblioteko troviĝis sur placo "Konkordo" en masiva kvinetaĝa konstruaĵo, en baroka stilo. Al la centra enirejo de la biblioteko estis marmora ŝtuparo. Sur la fasado videblis ornamaĵo – ŝtona granda malfermita libro, sub kiu estis bronzlitera frazo: "La klereco estas lumo".

Silikov eniris la legejon, kiu troviĝis sur la unua etaĝo. En ĝi estis longaj tabloj kaj ĉe la muroj altaj bretoj kun libroj, ĉefe enciklopedioj, gvidlibroj, vortaroj, bibliografioj, universitataj lernolibroj⋯Sur la muroj pendis la portretoj de mondfamaj verkistoj: Ŝekspiro, Ŝillero, Servanteso, Homero⋯

다시 달력을 쳐다보고 책상 위 자기 앞에 놓인 노트에 무언가를 썼다.

마리아는 잘 알려진 기자가 아니라고 생각했다.

그녀의 직장동료이자 친구인 슬라바 안겔로바는 더 유명하다.

실리코브는 슬라바 안겔로바에 대한 정보를 이미 듣거나 읽은 것 같다.

어떤 사람을 알려면 그의 말을 듣거나 그가 쓴 글을 읽으면 된다.

글을 통해서 사람들은 생각, 감정, 다른 사람과의 문제와 일상생활의 관계를 표현한다고 실리코브는 생각했다.

'마리아의 기사를 통독해 봐야겠다.'

그는 일어서서 옷걸이로 가 검은 외투를 집어 입고 사무실을 나섰다.

수도 도서관은 거대한 5층 건물로 바로크 양식인데 **콘코르도**(일치) 광장에 있다.

도서관의 중앙 입구에는 대리석 계단이 있다.

정면에는 돌로 된 거대한 열린 책 장식이 보이고 그 아래에는 청동 글자로 **'지혜는 빛이다'**라는 문장이 있다.

실리코브는 1층에 있는 독서실로 들어갔다.

거기에는 긴 탁자가 있고 벽에 주로 백과사전, 안내서, 사전류, 참고서 목록, 대학교재 등이 꽂혀 있는 서가가 있다.

벽 위에는 셰익스피어, 실러, 세르반테스, 호머 등 세계 유명 작가들의 사진이 걸려 있다.

Silikov proksimiĝis al la skribotablo de la bibliotekistino, kiu respondecis pri la legejo kaj petis ŝin alporti la pasintjaran kaj ĉi-jaran kolekton de ĵurnalo "Telegrafo". La juna bibliotekistino afable akceptis la peton kaj tuj iris plenumi ĝin. Silikov sidiĝis ĉe unu el la tabloj kaj alrigardis la legantojn ĉirkaŭ si. Estis ĉefe gejunuloj, studentoj, kiuj atente legis kaj Silikov konstatis, ke li estas la plej aĝa en la legejo. Post dek minutoj la bibliotekistino alportis la petitajn jarkolektojn de "Telegrafo". Silikov komencis trafoliumi la pasintjaran kolekton kaj serĉi artikolojn, subskribitajn de Maria Kilrilova. Ne estis multaj artikoloj, verkitaj de Maria. Kiel Delev diris, la artikoloj, kiujn verkis Maria, estis ligitaj ĉefe al socialaj problemoj, familia vivo, edukado, klerigo, sanprotektado. Ŝi ne verkis artikolojn pri enlanda aŭ eksterlanda politikoj. Silikov pli atente tralegis kelkajn artikolojn kaj intervjuojn. Maria verkis argumentite, havis talenton prezenti la problemojn, analizi ilin kaj proponi solvojn. La artikoloj montris, ke ŝi estis serioza, respondeca ĵurnalistino, kiu ŝatis sian laboron kaj diligente preparis sin por ĉiu artikolo kun faktoj kaj pruvmaterialoj. Same detale ŝi intervjuis diversajn fakulojn pri aktualaj problemoj. Verŝajne antaŭ la intervjuoj ŝi bone informiĝis pri la problemoj, profesio kaj agado de la personoj kun kiuj ŝi konversaciis.

실리코브는 독서실을 책임지고 있는 도서관 사서 자리로 가서 신문 텔레그라포의 지난해와 올해 묶음을 가져다 달라고 요청했다.

도서관 젊은 여 사서는 친절하게 요청받은 자료를 찾으러 갔다.

실리코브는 탁자 중 하나에 앉아 주위 사람들을 살펴보았다.

주로 청년과 대학생들이 열심히 책을 읽고 있었다.

실리코브는 자신이 이 독서실에서 가장 나이가 많다고 확신했다.

10분 후 사서는 요청한 텔레그라포 신문을 가져왔다.

실리코브는 지난 묶음을 넘겨보면서 마리아가 쓴 기사를 찾기 시작했다.

마리아가 쓴 기사는 많지 않았다.

델레브가 말한 것처럼 마리아가 쓴 기사들은 주로 사회문제, 가정생활, 교육, 계몽, 건강 관련 주제였다.

국내외 정치 기사는 쓰지 않았다.

실리코브는 몇 가지 기사와 인터뷰를 더 자세히 읽었다. 마리아는 증명하듯이 글을 써서 문제를 제시하고 분석하고 해결책을 제안하는 능력을 갖췄다.

기사를 보니 자기 일을 좋아하고 모든 기사를 위해 사실과 증명자료를 부지런히 준비하는 신중하고 책임감 있는 기자임을 알 수 있었다. 마찬가지로 사회문제에 대해 다양한 전문가들을 구체적으로 인터뷰했다. 인터뷰하기 전에 문제에 관해, 대화할 사람의 직업과 행동에 대해 많은 정보를 조사했다.

Tamen la artikoloj kaj intervjuoj ne tre helpis Silikov. Ili estis bone verkitaj, ne kritikaj kaj certe neniun ili ofendis. Do, neniu havis kialon murdi Maria-n pro iu artikolo. Silikov pretis ĉesigi la legadon, sed subite vidis artikolon, subskribitan de Slava Angelova kaj Maria Kirilova. La artikolo havis grandliteran titolon: "La narkotaĵobaronoj en ofensivo". Silikov komencis legi ĝin. En la artikolo detale estis priskribita la eksterleĝa narkotaĵonegoco. La ĵurnalistinoj klarigis kiamaniere estas kontrabanditaj la narkotaĵoj, kiel oni disvastigas kaj vendas ilin en la lando, kiuj estas la plej grandaj narkotaĵobaronoj. Estis klare menciite, ke en la centro de tiu ĉi giganta negoco, kiu certigas milionojn da eŭroj estas konataj politikistoj, deputitoj kaj eĉ ministroj. Je la fino de la artikolo la ĵurnalistinoj skribis, ke aperigos novajn artikolojn, en kiuj listigos la nomojn de la plej gravaj personoj en la narkotaĵonegoco.

Tiu ĉi artikolo vekis la atenton de Silikov. Li bone sciis kio estas la narkotaĵonegoco. Maria Kirilova kaj Slava Angelova tuŝis danĝeran temon. El la artikolo estis facile kompreni, ke ili serioze esploris la disvastigon de la narkotaĵoj en la lando.

기사와 인터뷰는 실리코브에게 큰 도움이 되지 않았다. 기사들은 잘 쓰여 있어 비평적이지 않고 확실히 누군가에게 상처를 줄 내용은 아니었다.

어떤 기사 때문에 그 누구도 마리아를 죽일 이유가 없었다. 그만 읽으려 하던 찰나, 갑자기 슬라바 안겔로바와 마리아 키릴로바가 공동취재한 기사를 보았다.

기사는 큰 글씨로 제목을 붙였다.

'공격적인 마약 귀족'

실리코브는 그 기사를 읽기 시작했다.

기사에서는 불법 마약 거래를 자세히 표현하고 있었다. 기자들은 어떤 식으로 마약이 밀반입되는지 어떻게 이 나라의 마약 귀족들에게 전파되고 팔리는지 설명했다. 유럽인 수백만이 얽혀있는 이 거대한 거래의 중심에는 유명정치인, 국회의원, 장관도 있다고 분명하게 언급돼 있었다.

기사 마지막에 마약 거래에서 가장 중요한 사람들의 목록을 새로운 기사에서 보여주겠다고 쓰여 있었다.

이 기사는 실리코브의 관심을 집중시켰다.

마약 거래가 무엇인지 그는 잘 알고 있다.

마리아 키릴로바와 슬라바 안겔로바는 위험한 주제를 다루었다.

기사를 보면, 그들이 얼마나 마약 거래를 집중 조사했는지 알 수 있었다.

Ili verŝajne sukcesis malkaŝi la tutan narkotaĵonegocan reton: de la simplaj narkotaĵodistribuantoj sur la urbaj stratoj tra la kontrabandistoj kaj la "muloj", kiuj kontraŭ malgrandaj sumoj riskas transporti la narkotaĵojn tra la landlimoj ĝis la baronoj, kiuj estras la tutan organizon kaj kiuj estas ege riĉaj kaj ĉiopovaj. La artikolo estis glacimonto, kiu montris nur la pinton. La ĵurnalistinoj promesis aperigi novajn faktojn pri la narkotaĵobaronoj kaj tiu ĉi promeso verŝajne serioze timigis iujn.

Silikov nepre devis renkontiĝi kun Slava Angelova kaj konversacii kun ŝi. Li rigardis sian brakhorloĝon kaj vidis, ke post horo estos la dek-sesa kaj devas ekiri al tombejo "Arĝenta Kruco".

Li eliris el la biblioteko kaj de placo "Konkordo" prenis taksion.

-Al tombejo "Arĝenta Kruco" - diris li.

La ŝoforo, dudek-kelk-jara junulo iom strange alrigardis Silikov. Verŝajne en la unua momento li opiniis, ke Silikov ŝercas, sed tuj vidis, ke la viro, kiu eniris la taksion estas mezaĝa, serioza kaj tute ne similas al homo, kiu deziras ŝerci.

La ŝoforo funkciigis la aŭton kaj rapide ekveturis al loĝkvartalo "Lazuro", kie troviĝis la tombejo.

모든 마약 거래망 즉 밀수업자들과 국경선을 지나 마약을 운반하는 위험을 감수하는 '**물로**', 또 약소한 마약 배부업자부터 거대한 조직을 다스리는, 부자이자 전능한 힘을 가진 귀족들까지 밝혀내는 데 성공한 듯 보였다.

기사는 오직 꼭대기만 보여주는 빙산(氷山)의 일각이다. 기자들은 마약 귀족들에 대한 새로운 사실을 보이겠다고 약속했다.

이 약속은 정말 누군가를 떨게 만들 것 같았다.

실리코브는 반드시 슬라바 안겔로바를 만나야 했다.

손목시계를 보니 1시간 후면 4시인 것을 보고 아르젠타 크루겔 장례식장으로 출발했다.

도서관을 나와 콘코르도 광장에서 택시를 탔다.

"아르젠타 장례식장으로 갑시다" 하고 말했다.

스물 몇 살의 젊은 운전사가 조금 이상하게 실리코브를 쳐다보았다.

처음에는 실리코브가 농담한다고 생각했지만, 곧 택시를 탄 사람이 중년(中年)에 신중하고 농담하기를 원하는 사람처럼 전혀 보이지 않았다.

운전사는 장례식장이 있는 라주로 지역으로 재빨리 출발했다.

Antaŭ la granda tombeja pordo la taksio haltis, Silikov pagis kaj ekiris sur la aleon al la konstruaĵo, kie devis okazi la funebra ceremonio.

Je la du flankoj de la aleo estis pluraj tomboj kaj Silikov irante rigardis la fotojn kaj la nomojn sur la tombaj platoj, kiuj estis tomboj de junuloj kaj maljunuloj, ĉiuj jam en la alia, eble pli bona mondo. Silikov nevole meditis pri la homa vivo. "Ni ĉiuj naskiĝas, vivas kaj en iu tago ni forlasas tiun ĉi mondon. Ĉu ni ĉiuj naskiĝas egalaj, demandis li sin. Se jes, kiam iuj el ni iĝas bonaj kaj aliaj malbonaj? Kial estas murdistoj, ŝtelistoj, friponoj?" Silikov neniam voĉe esprimis sian opinion, sed li kredis, ke la homoj naskiĝas aŭ bonaj, aŭ malbonaj. Laŭ li ekzistas sorto, kiu difinas kiu estos bona kaj kiu malbona. Tiun ĉi lian opinion pruvis lia preskaŭ dudek-kelk-jara laboro ĉe la polico. Li konis bonmorajn familiojn, kies filoj estis krimuloj.

Neniam li forgesos iun kazon antaŭ kelkaj jaroj. La patro estis fama profesoro, elstara sciencisto, la patrino – gimnazia instruistino, sed la filo – sperta ŝtelisto. La nomo de la filo estis Ivo kaj jam kiel lernanto komencis ŝteli. Unue – monon de siaj samklasanoj kaj de la instruistoj, poste li komencis forrabi domojn.

장례식장 문 앞에 택시가 멈추고 실리코브는 돈을 치르고 장례식이 열리는 건물로 연결된 오솔길을 걸어갔다. 오솔길 양옆에는 여러 무덤이 있다.

실리코브는 걸어가면서 사진과 묘비의 이름을 쳐다보았다. 젊은이와 늙은이의 무덤이고 모두 이미 다른, 아마 더 좋은 세상에 있을 것이다.

실리코브는 의도하지 않게 인간의 삶에 대해 깊이 생각했다.

우리 모두 태어나서 살다가 어느 날 이 세계를 떠난다. 우리는 태어날 때 평등한가 궁금했다.

그렇다면 언제, 누구는 좋고 누구는 나쁜가?

왜 살인자, 도둑, 깡패가 있는가?

실리코브는 그 생각을 절대 소리 내 표현하지 않지만, 사람은 선과 악, 둘 중 하나로 태어난다고 믿는다.

그에 따르면 누가 좋고 누가 나쁘고를 정하는 운명이 있다. 거의 이십여 년간 경찰 직업이 그의 이런 의견을 증명해 준다.

그는 몇 년 전 어떤 사건을 결코 잊을 수 없다.

아버지는 유명한 대학교수이자 뛰어난 과학자이고 어머니는 고등학교 교사인데 아들은 노련한 도둑이다.

아들의 이름은 **이반**인데 이미 학생일 때 도둑질을 시작했다.

처음에는 친구들이나 선생님의 돈, 나중에는 집을 강탈하기 시작했다.

Tre lerte li povis malŝlosi pordojn, eniri domojn kaj ŝteli valoraĵojn, juvelojn, monon, ŝtelis aŭtojn kaj iĝis estro de bando, kiu forrabis du bankojn. Tre malfacile la polico sukcesis kapti lin. Ivo estis sperta ŝtelisto kaj bone kaŝis sin. Tiam Silikov tute ne komprenis kial filo de profesoro, iĝis ŝtelisto. Ja, la familio havis sufiĉe da mono. La patro de Ivo jam de lia infanaĝo aĉetis ĉion al li. Ivo havis modernan multekostan aŭton. Nenio mankis al li kaj spite al tio li estis unu el la plej grandaj ŝtelistoj. Certe li ankoraŭ estas en la mallibereio. La gepatroj ne povis travivi la grandan honton kaj mortis. Estis aliaj similaj kazoj kun filoj de bonaj familioj.

Silikov kredis, ke murdistoj naskiĝas murdistoj. Li estis certa, ke tiu, kiu mortpafis Maria-n estas persono, kiu mortpafis same aliajn homojn. La mortpafo de Maria ne estis lia unua. Ĉio estis bone pripensita, planita kaj certe la murdisto estis tre trankvila dum la mortpafo. Li sciis kien ĝuste pafi. La kontrola pafo estis en la kapo kaj atestis pri profesia murdisto.

En la funebran salonon jam venis pluraj homoj. La gepatroj de Maria, la edzo Kamen, gekolegoj, geamikoj, Miroslav Delev, kiu devis diri la funebran parolon.

노련하게 문을 열고 집에 들어가서 귀중품, 보석, 돈을 훔치고, 차를 도둑질하고, 은행 두 곳을 턴 조직의 우두머리가 되었다.

경찰은 그를 매우 어렵게 체포했다.

이반은 능숙한 도둑이고 자신을 잘 숨겼다.

그때 실리코브는 왜 유명한 교수의 아들이 도둑이 되었는지 전혀 알지 못했다.

가정에는 돈이 충분했다.

이반의 아버지는 이반이 어릴 때부터 모든 것을 사 주었다. 최신식 비싼 차도 있다. 부족한 것이 없었다.

그런데도 대도 중 한 명이 되었다.

그는 아직 감옥에 있다.

부모는 너무 수치스러워 목숨을 끊었다.

좋은 가정의 나쁜 아들, 다른 비슷한 사례도 알고 있다.

실리코브는 '살인자는 살인자로 태어난다'고 믿는다.

마리아를 총으로 쏴 죽인 사람은 마찬가지로 다른 사람을 총으로 쏴 죽인 사람일 것이다.

마리아를 총으로 쏴 죽인 일이 처음이 아니다.

모든 일이 체계적으로 계획되었고, 분명히 살인자는 총으로 쏘는 동안 차분했다.

어디로 정확히 쏘아야 하는지 알고 있다. 머리에 확인 사살을 했는데 직업적 살인자임을 증명한다.

장례식장에는 여러 사람이 벌써 와 있다.

마리아의 부모님, 남편 카멘, 직장동료들, 애도사(哀悼辭)를 해야 하는 미로슬라브 델레브가 있었다.

Silikov ne konis ĉiujn, kiuj venis adiaŭi Maria-n al ŝia lasta vojaĝo, sed li deziris atente observi ilin, rigardi la esprimojn de iliaj mienoj, iliajn gestojn, movojn kaj supozis, ke tio helpos lin fari konkludojn pri la krimo.

–Ho, komisaro, ankaŭ vi estas ĉi tie – Silikov aŭdis konatan voĉon malantaŭ sia dorso.

Li turnis sin kaj vidis Kerelezov, kiun menciis la patro de Maria, ĵurnalisto de ĵurnalo "Popola Voĉo". Antaŭ du jaroj Kerelezov intervjuis Silikov pri forrabo de banko.

–Komisaro, certe vi estas ĉi tie, ĉar la murdistoj ĉiam revenas al la krimlokoj – ironie rimarkis Kerelezov.

–Ĉu vi ne estas la murdisto? – demandis same ironie Silikov.

–Mi estis nur samklasano kaj samstudento al Maria kaj poste kun ŝi kolegoj – diris Kerelezov. – Tre bona ĵurnalistino ŝi estis bedaŭrinde.

–Ĉu vi ofte vidis unu la alian?

–Ne. Nur de tempo al tempo dum gazetaraj konferencoj, kiam estis iuj gravaj politikaj eventoj kaj la ĵurnalistoj el diversaj ĵurnaloj, televidoj, radiostacioj devis ĉeesti kaj poste verki raportaĵojn.

–Ĉu Maria verkis raportaĵojn pri politikaj eventoj? – demandis Silikov.

실리코브는 마지막 여행을 가는 마리아에게 작별인사하러 온 모든 사람을 알지 못한다.

그러나 주의 깊게 살피고 애도하는 표현, 행동, 움직임을 보려 했다.

그것이 살인에 대한 결론을 만드는 데 도움이 되리라고 여겼다.

"오. 위원님 역시 이곳에 오셨네요."

실리코브는 등 뒤에서 아는 목소리를 들었다.

고개를 돌려 마리아의 아버지가 언급했던 '**포폴라보초**(민중의 소리)' 신문의 기자인 케렐레조브를 보았다.

2년 전 케렐레조브는 은행강도에 대하여 실리코브를 인터뷰했다.

"위원님, 분명히 여기 있죠? 살인자는 항상 범죄현장에 돌아오니까요."

케렐레조브는 풍자적으로 알아챘다.

"기자님이 살인자는 아니죠?"

똑같이 풍자적으로 실리코브가 물었다.

"저는 마리아와 같은 학생이었습니다. 나중에 직장동료가 되었고."

케렐레조브가 말했다.

"그녀는 아주 좋은 기자였는데 아쉽네요."

"서로 자주 보셨나요?"

"아니요. 중요한 정치적 행사가 있을 때 기자들이 나중에 보고서를 쓰려고 모이는 기자 모임 때 가끔이요."

"마리아 기자가 정치적인 행사도 기사를 썼나요?"

-Tre malofte.

Fama kaj bone konata ĵurnalisto, Kerelezov estis alta, svelta, bonedukita kaj afabla. Oni povis vidi lin ĉiam kaj ĉie, kie okazis io en la urbo, ĉu demonstracio, ĉu alveno de fremdlanda delegacio, ĉu katastrofo. Silikov sciis, ke Kerelezov estas unu el la plej bone informitaj ĵurnalistoj kaj li decidis baldaŭ renkontiĝi kaj konversacii kun li.

Post la funebraj eldiroj kaj kondolencoj Silikov eliris el la salono. Ĉi tie, en la tombejo, estis la tombo de liaj gepatroj. Pro la ĉiutagaj okupoj li tre malofte venis al ilia tombo. Antaŭ semajno estis la Tago de la Mortintoj kaj tiam Silikov same ne povis veni. Li ekiris al la tombo de la gepatroj, kiu estis en 59-a parcelo. Irante Silikov riproĉis sin, ke tre malofte rememoras siajn gepatrojn, kiuj amis kaj, dum estis vivaj, zorgis kaj helpis lin. Kaj la patro, kaj la patrino estis instruistoj. La patro — pri literaturo kaj la patrino — pri historio. La patro tre deziris, ke Pavel same studu literaturon kaj revis, ke iam Pavel iĝos verkisto. La patro mem revis estis verkisto, sed li ne povis realigi tiun ĉi sian revon kaj tial li esperis, ke Pavel iĝos verkisto.

Kiam Pavel finis juron kaj komencis labori ĉe la polico, la gepatroj estis tre malkontentaj. "Kial vi elektis tiun ĉi profesion — ofte riproĉis lin la patro.

실리코브가 물었다.

"아주 가끔."

유명한 기자 케렐레조브는 키가 크고 마르고 교육을 잘 받았고 친절하다.

도시에서 일어나는 사건, 시위 현장, 외국 국회의원의 방문, 재난 장소라면 언제 어디든 그를 볼 수 있다.

실리코브는 케렐레조브가 가장 유명한 기자임을 알고 곧 만나 대화를 나누리라 마음먹었다.

애도의 말을 전하는 순서에 실리코브는 장례식장에서 나왔다.

여기 무덤가에 부모님 무덤이 있다.

일상의 일이 바빠서 아주 가끔 여기 무덤에 온다.

일주일 전이 **죽은 자의 날**이었는데, 그때도 실리코브는 올 수 없었다.

59구역에 있는 부모님 무덤으로 갔다.

가면서 실리코브는 너무 가끔 부모님을 기억한다고 자책했다. 그들은 그를 사랑하고 살아생전 실리코브를 걱정하며 물심양면 도와주셨다.

아버지와 어머니는 교사였는데 아버지는 문학, 어머니는 역사 전공 교사였다.

아버지는 파벨이 마찬가지로 문학을 공부해서 언젠가 작가가 되기를 간절히 원했다. 아버지는 작가가 되고 싶었지만, 이 꿈을 실현할 수 없어 아들인 파벨이 작가가 되기를 바랐다. 파벨이 법학을 마치고 경찰에서 일하기 시작할 때 부모님은 불만스러웠다. '왜 이런 직업을 택했니?' 아버지가 자주 책망했다.

– Dum la tuta vivo vi okupiĝos pri la homaj krimoj, kiuj dolorigos vian animon. La negativa energio malsanigos vin. Vi devis elekti pli bonan, pli trankvilan profesion."

Pavel ne sciis kion respondi al la patro. Ja, la patro certe ne komprenos lin. Pavel decidis esti policano, ĉar opiniis, ke tiel helpos al la senkulpaj homoj. Li havis klaran rememoron el la infaneco, kiam ilia najbaro Mladen, juna viro, estis policano kaj ĉiuj genajbaroj ege amis kaj estimis lin. Mladen pretis ĉiam helpi al ĉiuj. Li riparis la elektrajn instalaĵojn de maljunuloj aŭ kiam iuj aĉetis meblojn, Mladen helpis ilin enporti la meblojn en la loĝejojn. Kaj kiam Pavel estis infano, li tre deziris esti kiel Mladen, ke ĉiuj amu kaj estimu lin. Verŝajne tial li decidis iĝi policano.

Nesenteble Silikov proksimiĝis al la tombo de la gepatroj. Ĉe ĝi kreskis pomarbo, sub kiu estis la ŝtona tomba plato, sur kiu videblis la fotoj de la patro kaj la patrino. La patro, Veselin Silikov, havis nigran densan hararon, okulojn kiel karbojn kaj lipharojn. Nun, kiam Pavel rigardis la foton, ŝajnis al li, ke la patro iom ridetis, kiam oni fotis lin kaj tiu ĉi rideto aludis pri lia emo ŝerci. Ofte la patro rakontis tre gajajn anekdotojn.

La patrino, Iliana Silikova, estis malalta, maldika kun helaj haroj kaj cejankoloraj okuloj.

"평생 네 정신을 고통스럽게 하는 사람들의 범죄를 다뤄야 해. 부정적 힘이 너를 병들게 한다. 더 좋고 더 편안한 직업을 택하려무나."

파벨은 아버지께 뭐라고 대답할지 몰랐다.

아버지는 그를 이해하지 못할 것이다.

파벨은 경찰관이 되기를 결심했다.

죄 없는 사람을 도울 수 있기 때문이다.

그는 어린 시절의 분명한 기억이 있다.

그때 이웃 젊은 남자 **마덴**은 경찰관이었는데 모든 이웃 주민이 그를 매우 사랑하고 존경했다.

마덴은 항상 모든 사람을 도와주려고 했다.

노인의 전기시설을 고치거나 누군가 가구를 사면 집 안으로 옮기는 일을 도와주었다.

파벨은 모든 사람이 사랑하고 존경하는 마덴처럼 되고 싶었다. 그렇게 그는 경찰관이 되기로 마음먹었다.

어느새 실리코브는 부모님의 묘지에 가까이 왔다.

거기에 사과나무가 자라고 그 아래 부모님의 사진을 볼 수 있는 묘비가 놓여 있다.

아버지 **베셸린 실리코브**는 검고 짙은 머리카락, 석탄 같은 눈동자를 지녔으며 콧수염을 길렀다.

당시 사진 찍을 때 아버지가 조금 웃고 있는 것처럼 보였다. 이 웃음이 농담 잘 하는 성격을 연상시킨다.

아버지는 즐거운 일화들을 자주 이야기하셨다.

어머니 **일리아나 실리코브**는 키가 작고 마르고 밝은 머리카락 수레국화 색 눈동자를 가졌다.

Ŝi estis silentema, sinĝena, tamen tre postulema instruistino, kiu deziris, ke la gelernantoj ĉiam bone lernu la lecionojn.

Nun, staranta antaŭ la gepatra tombo, Pavel demandis sin ĉu estis bona filo, ĉu ĉiam tiel kondutis kiel deziris liaj gepatroj, ĉu estis momentoj, kiam li ĝojigis ilin, ĉu li bone komprenis ilin, ĉu sciis kion ili deziras, kion ili bezonas. Kiam Pavel estis juna, li tute ne pensis pri la sentoj, pri la travivaĵoj de siaj gepatroj. Ili vivis, laboris, edukis kaj instruis lin. Ili plenumis sian homan devon. Nun Pavel devis plenumi siajn devojn, daŭrigi ilian vojon.

Li riproĉis sin, ke eĉ floron ne aĉetis por meti sur la tombon kaj li ne rajtis senkulpigi sin, ke rapidis al la funebra ceremonio de Maria.

말수가 적고 얌전하지만, 그녀에게 배우기를 희망하는 학생들이 많은 인기 있는 여교사였다. 지금 부모님 무덤 앞에 서서 좋은 아들이었는지 부모님이 원하는 대로 항상 행동했는지 부모님을 기쁘게 한 적이 있었는지 부모님을 잘 이해했는지 부모님이 무엇을 원하시고 무엇을 필요해 하셨는지 궁금했다. 파벨이 젊었을 때 부모님의 감정이나 경험에 대해 전혀 생각하지 않았다. 그들은 살면서 일을 하고 교육하고 그를 가르쳤다. 그들은 사람의 의무를 다했다. 지금 파벨은 그들의 의무를 수행하고 그들의 길을 계속 가야 한다.

묘지 위에 놓을 꽃 하나도 사 오지 않은 것을 자책했다. 서둘러 마리아의 장례식에 가야 한다는 변명할 권리도 없다.

11.

Pavel Silikov telefonis al Miroslav Delev, la ĉefredaktoro de "Telegrafo" :

–Saluton Delev. Telefonas komisaro Pavel Silikov.

–Saluton, sinjoro Silikov. Bonvolu.

–Delev, mi bezonas la telefonnumeron de la ĵurnalistino Slava Angelova.

–Tuj mi donos ĝin al vi – diris Delev kaj diktis la telefonnumeron de Slava.

–Dankon – diris Silikov.

Post la konversacio kun Delev li telefonis al Slava Angelova.

–Sinjorino Angelova?

–Jes – aŭdiĝis agrabla virina voĉo.

–Telefonas komisaro Pavel Silikov. Mi devas renkontiĝi kun vi, rilate la murdon de Maria Kirilova. Kiam estos oportune?

–Mi estas en la redaktejo, vi povas veni ĉi tien – diris Slava.

–Tre bone. Mi tuj venos.

Silikov ekstaris de la skribotablo, surmetis la mantelon kaj ekiris. En la koridoro de la policejo, li malfermis la pordon de la najbara kabineto kaj diris al Kalev.

–Kalev, mi iras en la redaktejon de "Telegrafo".

11장. 동료 여기자 슬라바 심문(審問)

파벨 실리코브는 텔레그라포의 미로슬라브 델레브 편집장에게 전화했다.

"안녕하세요. 편집장님! 파벨 위원입니다."

"안녕하십니까? 위원님, 무슨 일이십니까?"

"편집장님,

슬라바 안겔로바 기자의 전화번호가 필요합니다."

"바로 알려드리겠습니다."

델레브는 말하고 슬라바의 전화번호를 불러 주었다.

"감사합니다."

실리코브가 말했다. 델레브와 통화가 끝난 뒤 슬라바 안겔로바에게 전화했다.

"안겔로바 기자님입니까?"

"예."

상쾌한 여자 목소리가 들렸다.

"파벨 실리코브 위원입니다.

마리아 키릴로바 살인 사건과 관련해서 만나고 싶은데요. 언제가 편하십니까?"

"지금 편집실에 있어요. 이리로 오실 수 있습니다."

슬라바가 말했다.

"아주 좋습니다. 곧 가겠습니다."

실리코브는 책상에서 일어나서 외투를 걸치고 출발했다. 경찰서 복도에서 옆 사무실 문을 열고 칼레브에게 말했다.

"칼레브 경사, 나는 텔레그라포 신문사에 지금 가.

Se hazarde iu serĉos min, mi revenos post horo kaj duono.

La kabineto de Slava Angelova troviĝis sur la tria etaĝo de la redaktejo. Sur la pordo estis ŝildo: "Slava Angelova". Silikov frapetis kaj malfermis la pordon. La kabineto estis malvasta, en ĝi – skribotablo kun komputilo, bretaro kun libroj kaj kafotablo kun du seĝoj. Slava Angelova sidis antaŭ la komputilo. Verŝajne tridek-kvin-jara, ne tre alta kun longa nigra hararo kaj malhelaj okuloj, ŝi surhavis ruĝan robon kaj brunkoloran kostuman jakon.

Kiam ŝi vidis Silikov, tuj staris kaj ekiris al li.

–Bonan tagon – diris ŝi. – Mi estas Slava Angelova.

–Pavel Silikov – prezentis sin la komisaro.

–Bonvolu – kaj Slava montris al li seĝon ĉe la kafotablo.

–Dankon. Vi estis kolegino de Maria Kirilova – komencis Silikov, kiam sidiĝis.

–Ne nur kolegino, sed tre bona amikino – diris Slava.

–Kiom da jaroj jam vi laboras ĉe "Telegrafo"?

–Tri jarojn. Kun Maria ni eklaboris ĉi tie en unu sama jaro.

–Vi estis iom pli aĝa ol ŝi, ĉu ne? – alrigardis ŝin Silikov.

–Jes. Mi estas tridek-kvin-jara – respondis Slava.

누군가 나를 찾으면 내가 한 시간 반 뒤 돌아온다고 말해.”

슬라바 안겔로바의 사무실은 신문사 3층에 있다.

문에 '**슬라바 안겔로바**'라는 이름표가 붙어 있다.

실리코브는 문을 살짝 두드렸다.

사무실은 좁았고 안에는 컴퓨터 책상, 서가, 의자 2개와 커피 탁자가 놓여 있었다.

슬라바 안겔로바는 컴퓨터 앞에 앉아 있다.

35세로 길고 검은 머리카락, 어두운 눈에 키는 그리 크지 않고 빨간 웃옷과 갈색 정장 재킷을 입었다.

실리코브를 보고 바로 일어나서 가까이 왔다.

“안녕하십니까?” 여자가 말했다.

“제가 슬라바 안겔로바입니다.”

“파벨 실리코브입니다.” 위원이 자기소개했다.

“이쪽으로 앉으세요.”

슬라바가 커피 탁자 옆 의자를 가리켰다.

“감사합니다. 기자님은 마리아 키릴로바 기자의 동료시죠.” 슬리코브가 앉았을 때 말을 시작했다.

“동료일 뿐만 아니라 아주 좋은 친구입니다.”

슬라바가 말했다.

“텔레그라포에서는 몇 년이나 근무했습니까?”

“3년입니다. 마리아 기자하고는 여기서 1년간 같이 일했습니다.”

“기자님은 마리아 기자보다 나이가 조금 많으시죠?”

실리코브가 그녀를 쳐다보았다.

“예, 저는 서른다섯 살입니다.” 슬라바가 대답했다.

-Antaŭe kie vi laboris?

-En ĵurnalo "Popola Voĉo".

-Por mi la murdo de Maria estas granda mistero – diris Silikov. – Ŝia familia vivo estis senriproĉa. Maria ne havis sekretajn amrilatojn. Kun neniu ŝi konfliktis. Do, restis la sola supozo, ke oni murdis ŝin pro ŝia ĵurnalista agado. Tion tamen ni ankoraŭ ne povas pruvi. Ĉu laŭ vi Maria verkis artikolon, esploris iun gravan problemon aŭ eksciis sekreton pro kiu oni murdis ŝin?

-Ŝi ne verkis tian artikolon, nek sciis ian sekreton – respondis Slava.

-Io tamen provokis ŝian murdon⋯

-Mi ne scias – levis ŝultrojn ŝi.

-Strange. Vi estis amikinoj, ofte estis kune. Ĉu hazarde Maria ne diris al vi, ke iu minacas ŝin aŭ ŝi timiĝas de iu?

-Ne. Ŝi estis tre trankvila. Neniu minacis ŝin kaj ŝi ne havis kialon timiĝi.

-Bone. Okazas, ke ĉio estas en ordo, trankvile, normale kaj finfine iun vesperon subite aperas iu, kiu pafmortigas ŝin, sen kialo, sen motivo. Ĝis nun mi ne havis similan kazon. Tamen mi rimarkis ion kaj mi deziras demandi vin pri ĝi.

-Kio ĝi estas? – scivole fiksrigardis lin Slava.

"전에는 어디서 일했나요?"

"신문사 포폴라보초에서요."

"제게 마리아 기자가 살해당한 일은 너무나 큰 의문입니다." 실리코브가 말했다.

"그녀의 가정생활은 나무랄 데 없어요. 마리아 기자는 비밀 연애 관계도 없어요. 누구와 다투지도 않았어요. 그래서 기사 때문에 살인이 일어났을 것이라고추측하고 있습니다. 하지만 아직 증명할 수 없습니다. 기자님은 마리아가 어떤 중요한 문제를 조사하고 그에 관한 기사 때문에 살해당할 것이라고 생각해 본 적이 있습니까?"

"그녀는 그런 기사를 쓰지도 않았고 어떤 내용도 알지 못합니다." 슬라바가 대답했다.

"하지만 무언가가 살인을 불러일으켰습니다."

"저는 모릅니다." 그녀가 어깨를 들썩거렸다.

"이상하네요. 기자님은 친구고 자주 함께 있었죠. 혹시라도 누가 자기를 위협한다거나 무엇이 두렵다고 마리아 기자가 말하지 않았나요?"

"아니요. 그녀는 매우 차분해요. 그 누구도 그녀를 협박하지 않았고 두려워할 이유도 없습니다."

"알겠습니다. 모든 것이 질서 있고 조용하고 평범한데 결국 어느 밤 갑자기 이유 없이 동기도 없이 그녀를 죽이는 사람이 나타나는 일이 발생했네요. 지금까지 비슷한 사례를 보지 못했어요. 하지만 뭔가를 알아냈어요. 그것에 대해 질문할게요."

"그것이 무엇인데요?"

호기심 어린 표정으로 슬라바가 그를 쳐다보았다.

-Mi trafoliumis la numerojn de "Telegrafo" kaj mi vidis, ke antaŭnelonge Maria kaj vi verkis kaj aperigis artikolon pri narkotaĵobaronoj kun titolo "La narkotaĵobaronoj en ofensivo". En ĝi vi klare diras, ke en la centro de la giganta negoco kun narkotaĵoj estas konataj politikistoj, deputitoj, ministroj. Vi skribas, ke vi daŭrigos la esplorojn pri la narkotaĵonegoco kaj baldaŭ anoncos la nomojn de la gravaj personoj, kiuj partoprenas en ĝi. Ĉu vi daŭrigis la esplorojn?

-Ne - respondis Slava.

-Kial?

-Mi ne havis tempon. Mi verkis aliajn artikolojn.

-Sed ĉu la faktoj en la artikolo, kiujn vi prezentas estas fidindaj kaj veraj? - demandis Silikov.

-Kompreneble!

-Kial vi estas tiel certa?

-Mi havas fidindajn informantojn! - deklaris Slava.

-Kaj kiuj ili estas?

-Vi tre bone scias, ke la ĵurnalistoj neniam denuncas siajn informantojn.

-Sed diru sincere, ĉu oni ne minacis vin post la apero de la artikolo - demandis Silikov.

-Ne.

-Tamen ĉu vi ne timiĝis, kiam vi verkis kaj aperigis ĝin?

"내가 텔레그라포의 기사를 넘겨보다가 얼마 전에 마리아 기자님과 함께 '공격적인 마약 귀족'이라는 제목의 마약 관련 기사를 써서 실린 것을 보았습니다. 그 기사는 거대한 마약 거래 중심에 유명한 정치가, 국회의원, 장관이 있다고 분명하게 말했습니다. 마약 거래를 계속 조사해서 반드시 중요한 참여 인물의 이름을 알리겠다고 썼습니다. 조사를 계속했나요?"

"아니요."

슬라바가 대답했다.

"왜요?"

"시간이 없었어요. 지금 다른 기사를 쓰고 있거든요."

"그러나 제출한 기사에서 말한 사실은 믿을 만한 정보입니까?"

"당연하죠."

"왜 그렇게 확신합니까?"

"믿을 만한 정보원을 가지고 있거든요."

슬라바가 단언했다.

"그가 누구입니까?"

"기자들은 자신의 정보원을 절대 밝히지 않는다는 것을 잘 아시잖아요."

"그러면 기사가 나간 후 누군가가 협박하지 않았는지 진지하게 말해 주세요." 실리코브가 물었다.

"없었어요."

"그러면 기사를 쓰고 내보낼 때 두렵지 않았나요?"

–Verŝajne vi bone scias la proverbon, ke tiu, kiu timas urson, ne iru en la arbaron – ekridetis ironie Slava.

–Mi scias la proverbon kaj mi komprenas, ke vi estas kuraĝa virino – konstatis Silikov.

–Povas esti.

–Kiamaniere vi verkis kun Maria la artikolon?

–Ni kune faris la esplorojn.

–Kiel?

–Ni renkontiĝis kun diversaj personoj kaj parolis kun ili. Estis eĉ momentoj, kiam ni prezentis nin kiel narkotulinojn kaj ni sukcesis sekrete filmi la renkontiĝojn kaj la konversaciojn.

–Jes, vi ambaŭ estis tre kuraĝaj.

–Ni estas ĵurnalistinoj – la konscio de la socio, kaj ni montras la negativajn flankojn de la socio. Vi, kiel policano, tre bone scias, ke pluraj junaj homoj suferas pro la vasta disvastigo de la narkotaĵoj kaj pluraj aliaj dank' al narkotaĵonegoco iĝis tre riĉaj –diris Slava.

–Mi komprenas vin, sed mi ne komprenas kial neniu reagis al via artikolo. Ja, ĝi rilatis gravajn personojn.

Slava nenion respondis.

–Se ne estas aliaj demandoj, mi petas pardonon, sed mi havas urĝan laboron – diris ŝi.

–Eble urĝas daŭrigi la artikolon pri la narkotaĵonegoco – aldonis ironie Silikov.

"곰을 두려워하는 자는 숲속에 들어가지 말라는 속담을 잘 아실 텐데요."

슬라바가 풍자적으로 살짝 웃었다.

"그런 속담을 알지요. 기자님은 용감하신 듯하네요."

실리코브가 확신했다.

"그렇게 보일 수 있죠."

"마리아 기자와 어떻게 그 기사를 썼나요?"

"우리는 함께 조사했습니다."

"어떻게요?"

"우리는 여러 사람을 만나 이야기를 나눴어요. 우리를 마약 하는 여자로 소개한 적도 있었어요. 만남과 대화를 비밀스럽게 찍는 데 성공했어요."

"예, 두 분은 정말 용감하시네요."

"우리는 기자입니다. 사회의 양심 그리고 사회의 부정적인 면을 나타냅니다. 경찰관이시기에 잘 아실 테지만 청년들이 마약의 무분별한 전파로 고통을 겪고, 다른 수많은 사람은 마약 거래 덕분에 점점 부자가 됩니다."

슬라바가 말했다.

"이해합니다. 기자님의 기사에 아무도 대항 행동을 하지 않은 것이 이해가 안 됩니다. 중요한 사람들과 얽혀 있는데요."

슬라바는 아무 대답도 하지 않았다.

"다른 질문이 없다면 죄송하지만 급한 일이 있어서요."

그녀가 말했다.

"마약 거래에 관한 기사를 계속하느라 아마도 바쁘시겠네요."

–Ĝis revido – diris Slava kaj ekstaris de la seĝo.

Sur la strato Silikov meditis pri la konversacio. Estis klare, ke Slava tre multe scias pri Maria, pri ŝia ĵurnalista agado, sed ŝi preskaŭ nenion diris. Estis momentoj, kiam Silikov nervoziĝis, sed li ne povis devigi Slava-n paroli. De la konversacio tamen li komprenis ion tre gravan. Slava kaj Maria okupiĝis pri la narkotaĵonegoca problemo, kiu estas tre danĝera. Ja, ne estas sekreto, ke tiu ĉi negoco certigas multe da mono kaj en ĝi partoprenas reprezentantoj de diversaj sociaj tavoloj. Slava kaj Maria certe eksciis multajn nomojn kaj kiel la narkotaĵo trapasas la landlimojn, kiuj mendas ĝin, kiuj vendas ĝin kaj poste kiuj kolektas la monon. Verŝajne iuj ekinteresiĝis kion scias Slava kaj Maria kaj serĉis ilin, tamen Slava ne deziris diri tion. Maria mortis, sed Silikov certis, ke Slava daŭrigos malplekti la reton de la narkotaĵonegoco. Li bone komprenis, ke ŝi apartenas al tiuj ĵurnalistoj, kiuj similas al ĉashundoj. Se foje ili ekflaris la spurojn, ili ne haltas ĝis kaptos la ĉasaĵon. Certe Slava sentas, ke ŝi havos la sorton de Maria, tamen ne emas rezigni. "Ni devas observi Slava-n kaj savi ŝin, ĉar verŝajne nun aliaj observas ŝin, diris al si mem Silikov."

풍자적으로 실리코브가 덧붙였다.

"안녕히 가십시오."

슬라바가 말하고 의자에서 일어났다.

거리 위에서 실리코브는 대화를 깊이 생각했다. 슬라바는 마리아에 대해, 그녀의 기사에 대해 많이 알지만 거의 말하지 않은 것이 분명했다. 실리코브는 짜증 나기도 했지만 슬라바에게 강제로 말하게 할 수는 없다. 대화하면서 뭔가 아주 중요한 것을 포착했다. 슬라바와 마리아는 매우 위험한 마약 거래 문제를 함께 다뤘다. 이런 거래가 많은 돈을 보장하고 거기에 여러 사회 계층의 대표자들이 참여한다는 사실은 비밀이 아니다. 슬라바와 마리아는 분명 많은 이름과 마약이 어떻게 국경을 넘는지 알 것이고, 마약을 주문하고 팔고 나중에 돈을 모으는 마약 귀족도 알고 있다. 누군가는 슬라바와 마리아가 알고 있는 정보에 흥미를 느끼고 그들을 찾는다. 하지만 슬라바는 그것을 말하려고 하지 않는다. 마리아가 죽었다. 하지만 슬라바는 마약 거래 그물망을 계속 파헤칠 것이라고 실리코브는 확신했다.

슬라바는 '사냥개' 같은 스타일의 기자였다. 사냥개는 냄새를 맡으면 사냥감을 잡을 때까지 멈추지 않는다. 분명히 슬라바는 마리아 같은 운명을 맞이하리라 느끼지만, 그만둘 의사가 없다.

'우리는 슬라바를 경호해야 한다. 지금 누군가가 그녀를 지켜보고 있기 때문이다.'

실리코브는 혼잣말했다.

12.

Je la kvina horo posttagmeze Slava eliris el la redaktejo. Ŝi loĝis en kvartalo "Norda Lago", kiu estis malproksime de la urba centro kaj kutimis iri al la laborejo kaj reveni aŭte. Ŝi havis malgrandan "Peĵo", kiun ŝi ŝatis, ĉar por la trafiko en la granda urbo ĝi estis tre oportuna.

Kiam Slava ekiris el la parkejo de la redaktejo, ŝi rimarkis, ke alia aŭto, nigra "Ford" ekveturis post ŝi. Slava opiniis, ke tio okazis hazarde, sed dum la tuta vojo "Ford" veturis post ŝia aŭto. Por estis certa, ke oni vere sekvas ŝin, Slava haltis antaŭ granda vendejo en la loĝkvartalo. Ŝi parkis la aŭton, eliris kaj eniris la vendejon. "Ford" same parkis je dudek metroj de ŝia aŭto. La ŝoforo de "Ford" ne eliris el ĝi, sed restis en la aŭto.

Slava aĉetis panon, buteron, salamon. Ŝi ne tre bezonis tiujn ĉi produktojn, sed se ŝi jam estis en la vendejo, ŝi devis ion aĉeti. Kiam ŝi eliris, ĉirkaŭrigardis, sed ne vidis la nigran "Ford". Ĝi ne plu estis tie, kie parkis.

Maltrankvila Slava revenis hejmen. Ŝia edzo, Toni, estis en la kuirejo kaj tranĉis legomojn por la vespermanĝa salato.

—Kio okazis? – demandis li, kiam vidis ŝin.

12장. 슬라바 가정

오후 5시, 슬라바가 신문사에서 나왔다.

그녀는 도심에서 먼 '**노르다라고**(북쪽 호수)' 지역에 살고 사무실에 차로 오가는 습관이 있다.

'**페로**'라는 작은 차를 가지고 있는데 큰 도시 교통 요건에 아주 편리해서 그 차를 좋아한다.

슬라바가 신문사 주차장에서 나올 때 다른 차 검은 **포드**가 뒤따라 나오는 것을 알아차렸다.

우연히 그런 일이 있다고 생각했지만 포드가 그녀 차를 계속 뒤따랐다.

누군가 자기를 미행한다는 것을 알아차리고 슬라바는 주택가 커다란 판매점 앞에 차를 세웠다.

주차하고 나와서 판매점으로 들어갔다.

포드 차 역시 그녀의 차로부터 20m 떨어져 주차했다. 포드의 운전사는 차에서 나오지 않고 차 안에 머물렀다.

슬라바는 빵, 버터, 소시지를 샀다. 이런 물건이 그다지 필요하지 않았지만, 벌써 판매점에 들어왔으니 뭔가 사야 했다.

나갔을 때 주위를 살폈지만, 검은색 포드는 보이지 않았다. 주차했던 곳에 있지 않았다.

불안해진 슬라바는 집으로 돌아왔다.

그녀의 남편 토니는 부엌에서 저녁 샐러드를 만들려고 채소를 썰고 있었다.

"무슨 일이에요?"

그녀를 보자 남편이 물었다.

-Kio? ‒ alrigardis lin Slava.

-Vi aspektas strange ‒ diris Toni.

Slava ne deziris rakonti al li pri la nigra "Ford" , kiu sekvis ŝin.

-Vi estas maltrankvila, diru ‒ insistis la edzo.

-Bone ‒ konsentis Slava. ‒ Kiam mi ekveturis de la redaktejo nigra aŭto sekvis min.

-Ĉu?

En la rigardo de Toni Slava rimarkis skeptikemon, kiu ofendis ŝin kaj ŝi jam bedaŭris, ke menciis al li pri la sekvo.

-Vi ne kredas, sed oni sekvis min ĝis la vendejo. Mi eniris, aĉetis nutraĵojn kaj kiam mi eliris la aŭto ne plu estis sur la parkejo.

-Ĉu vi ne imagas?

-Tute ne. Mi certas, ke oni sekvis min ‒ ripetis Slava.

-Vi jam estas tre laca. Vi bezonas ripozon. Via ĵurnalista laboro ege lacigas vin. Ĉiam vi rapidas. Vi havas limdatojn, devas je ĝusta tempo pretigi ĉu artikolon, ĉu intervjuon. Vi kuras kaj mi preskaŭ ne vidas vin hejme.

-Jes, tia estas mia laboro, mi ŝatas ĝin. Mi ne povas fari ian trankvilan, silentan laboron kiel vi.

"무슨 일?"

슬라바가 남편을 쳐다보았다.

"이상하게 보이는데."

토니가 말했다. 슬라바는 자기를 미행한 그 검은 포드에 대해 말하고 싶지 않았다.

"불안해 보이는데. 말해 봐!"

남편이 우겼다.

"알았어요." 슬라바가 동의했다.

"내가 신문사에서 나올 때, 검은색 차가 나를 따라 왔어요."

"정말?"

그녀를 의심하는 듯한 토니 슬라바의 눈길에서 미행을 언급한 것을 후회했다.

"당신은 믿지 않네요. 그러나 판매점까지 나를 따라 왔어요. 나는 들어가서 식용품을 산 후 차를 타고 나올 때 주차장에 없었죠."

"상상한 것은 아니지?"

"전혀 아니에요. 분명히 나를 미행했어요."

슬라바가 반복했다.

"당신은 너무 피곤해. 휴식이 필요해.

기자 일이 당신을 아주 많이 지치게 해.

당신은 항상 서둘러.

마감 시간이 있어 정확한 시간에 기사든 인터뷰든 준비해야 해.

뛰어다니니 나는 당신을 집에서 거의 보지 못해."

"맞아요. 그것이 내 일이에요. 나는 그 일을 좋아해요. 당신 같이 조용하고 소리 없는 그런 일을 할 수 없어요."

Toni estis inĝeniero en granda uzino por prilaboro de metaloj kaj lia ĉefa okupo estis invento de novaj maŝinoj aŭ mekanismoj, kiuj faciligas kaj rapidigas la laborproceson. Ofte Slava mire rigardis lin, kiam li dum horoj sidis ĉe la skribotablo, antaŭ la komputilo, desegnis ion aŭ kalkulis ion. Slava ne havis lian paciencon. Ŝi preferis kuri de evento al evento, konversacii, demandi, esplori kaj poste verki.

-Tamen mi vidas, ke via laboro estas ne nur streĉa, sed danĝera - diris Toni malrapide.

-Kion vi deziras diri?

Slava levis kapon kaj fiksrigardis lin. En ŝiaj malhelaj, kiel ĉerizoj, okuloj denove aperis maltrankvilo, kiun Toni vidis, kiam ŝi eniris la loĝejon.

-Antaŭ via alveno dufoje sonoris la telefono kaj vira voĉo serĉis vin. Kiam mi demandis lin, kiu li estas, li ne respondis. Same okazis antaŭ semajno, sed tiam mi ne diris al vi.

-Ja, vi ne kredas, ke mi havas amanton, ĉu ne - ekridetis Slava.

-Ne, sed nun, kiam vi diris pri la aŭto, kiu sekvis vin, al mi ŝajnas, ke tiuj telefonalvokoj vere estas maltrankviligaj.

Slava silentis. Ŝi malrapide sidiĝis ĉe la tablo kaj diris:

-Bonvolu sidiĝi. Mi devas rakonti ion al vi.

토니는 기계 처리를 하는 큰 철공장의 기술자로, 작업과정을 쉽거나 빠르게 처리하는 기계와 체계를 개발하는 일이 주 업무다.

그가 오랜 시간 컴퓨터 책상에 앉아 뭔가를 그리고 계산하는 것을 볼 때 슬라바는 놀라서 그를 쳐다본다.

슬라바는 그런 인내심이 없다.

행사에 뛰어다니고, 대화하고, 여기저기 묻고, 조사하고, 나중에 글쓰는 것을 더 좋아한다.

"하지만 당신 일은 긴장감만 주는 게 아니라 위험해."

토니가 천천히 말했다.

"무슨 말을 하고 싶은가요?"

슬라바는 고개를 들고 뚫어지게 그를 바라보았다.

체리같이 어두운 눈에 집에 들어올 때 남편이 본 불안감이 다시 나타났다.

"당신이 오기 전에 두 번 전화가 왔는데 어떤 남자가 당신을 찾았어. 내가 누구냐고 묻자 대답이 없었어. 일주일 전에도 똑같은 일이 있었지만, 당신에게 말하지 않았지."

"내가 애인이 있다고 믿지는 않았나요?"

슬라바가 살짝 웃었다.

"아니, 그러나 당신을 미행한 차에 대해 말했을 때, 그 전화 속 남자 목소리가 정말 불안한 것처럼 느껴졌어."

슬라바는 조용했다.

천천히 탁자에 앉아 말했다.

"들어보세요. 뭔가 당신에게 말해야겠어요.

Ĝis nun mi ne diris tion, sed nun mi devas rakonti ĉion, por ke vi sciu.

-Bone - kapjesis Toni kaj sidiĝis kontraŭ ŝi.

-Vi scias kiom da problemoj ni havis kun Emil, la filo, kiu estis narkotulo.

Antaŭ jaro Toni kaj Slava surprize eksciis, ke Emil estas narkotulo. Tiam ilia vivo iĝis terura kaj ili provis ĉion por malalkutimigi lin de la narkotaĵoj. Unue ili enskribis Emil en alian lernejon, malpermesis al li renkontiĝi kun la malnovaj amikoj. Slava sukcesis aranĝi ĉe la plej bonaj kuracistoj terapion por Emil. Plurajn noktojn ŝi ne dormis kaj travivis la plej grandan koŝmaron en la vivo.

-Tiam mi decidis iel helpi al aliaj patrinoj, kies gefiloj same estas narkotuloj.

-Kiel? - demandis Toni.

-Kun Maria, mia kolegino, ni komencis esplori la narkotaĵonegocon.

-Vi ne estis normalaj! - indignis Toni kaj pro la incito iom ekkriis.

-Jes, ni ne estis normalaj. Vi pravas. Dum kelkaj semajnoj ni renkontiĝis kun narkotuloj, ni ŝajnigis, ke ni same estas narkotulinoj. Ni trovis junulon, kiu detale rakontis kaj klarigis al ni la tutan skemon laŭ kiu la narkotaĵoj eniras la landon kaj estas vendataj ĉi tie. Ni verkis artikolon.

지금까지 말하지 않았는데, 지금 당신이 알도록 말해야
겠어요."

"좋아."

토니가 고개를 끄덕이고 반대편에 앉았다.

"아들 **에밀**이 마약을 하면서 얼마나 문제가 있었는지 당
신은 알죠."

1년 전 토니와 슬라바는 에밀이 마약하는 것을 알고 놀
랐다. 그때 그들의 삶은 잔인했고 마약에서 손을 떼게
하려고 모든 것을 시도했다. 처음에 에밀을 다른 학교로
전학시키고 옛 친구들과 만나지 못하도록 했다. 슬라바
는 에밀을 위해 가장 좋은 의사에게 치료받도록 했다.
여러 밤, 잠을 이루지 못했고 삶에서 가장 큰 악몽을 겪
었다.

"그때 마약 하는 자식을 둔 엄마들을 어떻게든 돕겠다고
결심했어요."

"어떻게?"

토니가 물었다.

"내 동료 마리아와 함께 마약 거래를 조사하기 시작했어
요."

"당신 보통이 아니구먼."

토니는 화를 내며 소리쳤다.

"맞아요. 우리는 평범하지 않아요. 몇 주 동안 마약 하는
사람들을 만났어요. 우리도 똑같이 마약 한다고 위장했
죠. 마약이 나라에 들어오고 여기서 팔리는 모든 윤곽을
이야기하고 설명해 준 젊은이를 찾았죠. 우리는 기사를
썼어요."

-Dio mia! - ne kredis Toni.

-Post la apero de tiu ĉi artikolo oni komencis minaci min telefone.

-Jes, nun mi komprenas - diris Toni.

-Mi tamen al neniu diris, ĉar mi supozis, ke la minacoj estas nur por timigi min.

-Vi vere estas freneza.

-Verŝajne oni minacis same Maria-n, sed ŝi ne diris al mi.

-Nekredeble.

-Jes. Oni pafmortigis Maria-n. Ne ŝin, min oni deziris pafmortigi! - diris Slava kaj ekploris.

-Slava! Kion vi parolas!

-La artikolo vere ege kolerigis iujn personojn!

-Certe!

-Hodiaŭ en la redaktejo estis komisaro el la polico kaj pridemandis min pri la artikolo kaj la narkotaĵonegoco. Mi nenion diris al li, ĉar mi ne scias je kia flanko li estas. Ja, Maria kaj mi konstatis, ke pri la narkotaĵonegoco okupiĝas politikistoj, deputitoj, ministroj eĉ policanoj.

-Slava, en kia kaĉo vi enmiksiĝis!

-Mi ne supozis, ke ni ekbruligos tian grandan fajron.

-Vi devas tuj telefoni al la komisaro kaj ĉion rakonti al li.

-Sed mi ne scias ĉu mi povas fidi lin.

"큰일이군." 토니는 믿지 못했다.

"이 기사가 나간 뒤 나에게 협박 전화가 오기 시작했어요."

"그래, 이제 알겠군."

토니가 말했다.

"그래도 나는 누구에게도 이야기하지 않았어요. 오직 나를 두렵게 하려는 협박일 뿐이라고 생각했거든요."

"정말 미쳤군."

"마리아 역시 협박 전화를 받았어요. 그런데 내게 말하지 않았죠."

"믿을 수 없네."

"예, 결국 어떤 이가 마리아를 총으로 쏘아 죽였어요. 그녀가 아니라 나를 쏴 죽이고 싶었겠지요."

슬라바가 말하고 울먹였다.

"당신 무슨 말이야?"

"기사는 분명 어떤 사람들을 몹시 화나게 했어요."

"분명해!"

"오늘 편집실에 경찰이 왔어요. 기사와 마약 거래에 대해 나를 심문했어요. 그 사람이 어느 편인지 알 수 없어서 아무것도 말하지 않았어요. 정말 마리아와 나는 마약 거래에 대해 정치가, 국회의원, 장관, 경찰관까지도 관여한다고 확신해요."

"여보, 어떤 난국에 빠졌군."

"우리는 그렇게 거대한 불을 붙인다고 생각 못 했어요."

"당신은 바로 경찰에게 전화해 모든 사실을 이야기해야 해."

"믿을 수 있는 사람인지 알지 못해요."

-Slava. Ni devas trovi solvon de tiu ĉi terura problemo.

Subite eksonis la telefono.

-Nun mi levos la aŭskultilon ‒ diris Slava.

Ŝi iris al la telefonaparato kaj levis la aŭskultilon.

-Halo ‒ diris Slava. ‒ Halo ‒ ripetis ŝi kaj kolere remetis la aŭskultilon.

-Kiu estis? ‒ demandis Toni.

-Iu nur silentis kaj nenion diris ‒ respondis Slava.

-Mi vidas, ke la situacio estas danĝera. Morgaŭ vi tuj telefonu al la komisaro kaj rakontu ĉion al li.

Slava rigardis Toni-on kaj kvazaŭ al si mem diris:

-Oni ne timigos min! Mi ne rajtas timiĝi!

-Slava, tre fortajn vortojn vi diris. Pensu pri via vivo. Vidu kio okazis al Maria.

Toni bone konis Salvan. Jam de la edziĝo ŝi estis tia. Toni naskiĝis kaj loĝis en malgranda vilaĝo. Liaj gepatroj estis ordinaraj vilaĝanoj, kiuj okupiĝis pri terkultivado. Toni ŝatis lerni kaj estis diligenta lernanto. Li finis gimnazion en la urbo kaj poste iĝis studento en Maŝinteknika Universitato. Kiam li estis studento, li entute dediĉis sin al la lernado, sed lia onklino, kuzino de lia patrino, en kies loĝejo li loĝis en la urbo, deziris nepre trovi al li edzinon.

"여보, 이 무서운 문제의 해결책을 찾아야만 해."

갑자기 전화기가 울렸다.

"이제 내가 수화기를 들게요."

슬라바가 말했다.

그녀는 전화기로 가서 수화기를 들었다.

"여보세요?" 슬라바가 말했다.

"여보세요?"

되풀이하고 화를 내며 수화기를 내려놓았다.

"누구야?" 토니가 물었다.

"아무 말도 안 해요." 슬라바가 대답했다.

"상황이 위험하다고 봐. 내일 당신은 경찰에게 전화해서 모든 것을 이야기해." 슬라바는 토니를 바라보고 마치 자신에게 하듯 말했다.

"사람들이 나를 두렵게 하지 못해. 나는 두려워할 이유가 없어."

"여보, 아주 강한 말을 하는군. 당신 인생을 생각해. 마리아에게 무슨 일이 일어났는지 봐."

토니는 슬라바를 잘 안다. 결혼 때부터 이미 그런 여자였다. 토니는 작은 마을에서 태어났다. 부모는 농사짓는 평범한 농부였다. 토니는 배우기를 좋아하는 부지런한 학생이었다. 도시에서 고등학교를 마치고 나중에 대학에서 기계 공학을 전공하는 학생이 되었다. 학창 시절에 완전히 공부에만 몰두해서, 엄마 사촌인 이모 집에서 살았는데 그 이모는 반드시 토니의 아내감을 찾아 주고 싶었다.

Onklino Neda estis sperta svatantino kaj ŝi sukcesis konvinki Toni-on, ke ili gastu ĉe ŝia amikino, kiu havis belan filinon.

-Ni gastos ĉe ili – diris onklino Neda al Toni – kaj vi vidos kiel bela estas ilia filino Slava. Vi nepre plaĉos al ŝi, ĉar vi estas modesta simpatia junulo.

-Sed onjo Neda, mi estas vilaĝano. Slava naskiĝis kaj loĝas en granda urbo kaj ŝi eĉ ne alrigardos min.

-Ne parolu tiel. Ne gravas ĉu vi estas vilaĝano aŭ urbano, gravas, ke vi estas bonmora kaj saĝa junulo.

Kelkfoje onklino Neda planis la gastadon ĉe la familio de Slava, sed Toni ĉiam trovis kialon por ne iri. Li diris, ke devas lerni aŭ havas lekciojn aŭ nepre devas renkontiĝi kun sia kolego. Finfine onklino Neda sukcesis konvinki lin kaj ili iris.

La familio de Slava loĝis en granda moderna domo en unu el la plej belaj kvartaloj de la urbo, kie estis ĝardenaj domoj kun multaj arboj, floroj kaj abunda verdaĵo. La patro de Slava estis estro de entrepreno kaj la patrino – apotekistino. Ili invitis onklinon Neda kaj Toni en vastan sunan gastoĉambron kun modernaj mebloj, granda televidilo, dika persa tapiŝo kaj masivaj foteloj. La patrino de Slava regalis ilin per torto kaj kafo. Toni tre malbone fartis, ĉar sciis, ke la gepatroj de Slava atente observas lin.

네다 이모는 능숙한 중매쟁이라 예쁜 딸이 있는 친구 집에 손님으로 토니를 초대하는 데 성공했다.

"이모 친구 집에 한 번 가 보자."

네다 이모가 토니에게 말했다.

"그 집 딸 슬라바가 얼마나 예쁜지 보게 될 거야. 반드시 너를 마음에 들어 할 거야. 왜냐하면 너는 겸손하고 착하니까."

"이모님! 나는 시골 출신이고 슬라바는 큰 도시에서 나고 자랐는데 나를 쳐다보기조차 않을 겁니다."

"그런 소리 마. 네가 시골 사람이건 도시 사람이건 그건 중요하지 않아. 중요한 건 네가 도덕성이 좋고 지혜롭다는 거야."

네다 이모는 슬라바 가정에 여러 차례 손님으로 갈 계획이었지만 토니는 항상 못 갈 이유가 생겼다. 공부한다거나 수업이 있다거나 대학 동기를 만나야 한다고 말했다. 마침내 네다는 초대하는 데 성공해서 그들은 갔다.

슬라바는 도시의 가장 예쁜 지역 중 한 곳에서 많은 나무, 꽃, 여러 가지 풀이 우거진 정원 딸려 있는 커다란 현대식 건물에 살고 있었다.

슬라바의 아버지는 기업체 사장이고 엄마는 약사였다. 그들은 네다 이모와 토니를 해가 드는 넓은 응접실로 안내했는데, 거기에는 현대적인 가구, 커다란 텔레비전, 두꺼운 페르시아 양탄자, 대형 안락의자가 있었다.

슬라바의 어머니는 과일 파이와 커피를 대접했다. 슬라바의 부모가 주의 깊게 자기를 살피는 모습에 기분이 썩 좋진 않았다.

Toni silentis, parolis onklino Neda kaj la patrino de Slava, kiuj iam estis koleginoj. Slava aperis en la gastoĉambro por kelkaj minutoj, konatiĝis kun Toni kaj eliris. Li eĉ ne sukcesis bone vidi ŝin. Tamen evidentiĝis, ke Slava pli bone rigardis lin kaj verŝajne Toni plaĉis al ŝi. Ja, li estis svelta, alta kun mola kiel veluro hararo kaj migdalsimilaj okuloj. Post semajno Slava telefonis al Toni kaj diris, ke ŝi havas du biletojn por teatro kaj ŝatus, ke ili kune spektu la teatraĵon.

Post tiu ĉi unua renkontiĝo ili komencis pli ofte esti kune kaj iel nesenteble edziniĝis. Jam tiam Slava estis memstara kaj obstina. Post la edziĝfesto ŝi deklaris, ke ili ne loĝos en la domo de ŝiaj gepatroj. Ŝi deziras, ke kun Toni havu propran loĝejon kaj kelkajn jarojn ili luis loĝejon en nova kvartalo de la urbo. Unu jaron post la edziĝo naskiĝis Emil. Li estis bona infano, tamen en la gimnazio li iĝis narkotulo. Toni ne komprenis kiel okazis tio. Ĉu Emil estis kun malbonaj amikoj kaj ili allogis lin al la narkotaĵoj. Dum jaro li kaj Slava havis grandan problemon, sed Slava sukcesis helpi Emil kaj li ne plu estas narkotulo.

Nun tamen aperis alia problemo. Slava verkis artikolon pri la narkotaĵonegoco kaj kolerigis la narkotaĵobaronojn. Toni ektimis, ke io terura okazos al Slava.

토니는 조용히 있었다. 네다 이모와 과거 직장 동료였던 슬라바의 어머니가 대화를 나눴다.

슬라바는 응접실에 몇 분 정도 나타났다가 토니와 인사하고 나갔다. 그녀를 잘 볼 수 없었다.

그러나 토니는 알았다. 슬라바는 자기를 더 잘 바라봤다는 것을. 이모 말대로 토니는 그녀 마음에 들었다.

토니는 날씬하고 우단처럼 부드러운 머릿결에 복숭아를 닮은 눈동자를 가졌다.

일주일 후 슬라바가 토니에게 전화해서 극장표가 두 장 있으니 연극을 보러 같이 가면 좋겠다고 말했다.

첫 만남 뒤 더 자주 함께 시간을 보내다가 어느 사이에 어떻게 해서 결혼했다.

그때 슬라바는 이미 독립적이고 고집이 셌다.

결혼식 후 부모님 집에 살지 않겠다고 선언했다.

그녀는 토니와 함께 다른 집에서 살고 싶어 몇 년간 도시의 새로운 지역에 방을 빌렸다.

결혼하고 일 년 뒤 에밀이 태어났다. 에밀은 착한 아이였는데, 고등학교 때 마약을 했다. 토니는 왜 그런 일이 생겼는지 이해하지 못했다. 에밀이 나쁜 친구들과 같이 있으면서 그들이 마약 하러 유혹했을까? 여러 해 그와 슬라바는 큰 문제에 닥쳤지만, 슬라바가 에밀을 잘 다독이고 이끌어 더는 마약을 하지 않았다.

그런데 지금 다른 문제가 생겼다.

슬라바가 마약 거래에 관한 기사를 써서 마약 귀족들을 화나게 했다. 뭔가 무서운 일이 슬라바에게 일어날까 토니는 두려웠다.

Li tute ne povis kompreni ŝian emon okupiĝi pri danĝeraj problemoj. Plurfoje li provis klarigi al ŝi, ke ŝiaj artikoloj nenion helpas kaj per ili ŝi ne povas savi la mondon, tamen Slava estis spitema kaj ne ĉesis okupiĝi pri danĝeraj problemoj.

위험한 문제를 파헤치는 열정을 전혀 이해할 수 없다. 기사(記事)는 아무 유익이 없고 그것으로 세상을 구할 수 없다고 그녀에게 여러 번 설명하려 했지만 슬라바는 무시하고 위험한 문제를 다루는 것을 그만두지 않았다.

13.

En la kabineto de Silikov estis la tuta esplorgrupo, kiu laboris pri la murdo de Maria Kirilova. Ĉe la longa tablo sidis serĝentoj Mikov kaj Kalev, specialisto pri la spuroj – David Bonev kaj la kuracisto, doktoro Milan Hristov. Silikov estis staranta. Li alrigardis la ĉeestantojn kaj malrapide komencis:

–Kolegoj, ni ankoraŭ ne povas diveni la kialon pri la murdo de Maria Kirilova. Kaj mi, kaj la serĝentoj Kalev kaj Mikov pridemandis la parencojn kaj la kolegojn de Kirilova, sed nenion konkretan ni eksciis. Evidentiĝis, ke ŝi ne havis malamikojn. Maria Kirilova estis honesta edzino, bona patrino kaj estimata kolegino. Tamen mi supozas, ke eble ŝia ĵurnalista agado estas la kialo de ŝia murdo. Vi bone scias, ke nun la ĵurnalistoj estas tre aktivaj. Ili esploras la fiaferojn de altrangaj personoj kaj pruvas iliajn deliktojn. En ĵurnalo "Telegrafo" mi tralegis artikolon, verkitan de Maria Kirilova kaj Slava Angelova. Temas pri la narkotaĵonegoco. Ĉiuj ni bone scias, ke ĝi certigas grandajn monsumojn. Maria Kirilova kaj Slava Angelova verŝajne eksciis la nomojn de gravaj personoj, ligitaj al tiu ĉi negoco kaj ambaŭ pretis aperigi en la ĵurnalo iliajn nomojn.

13장. 옛 애인 케렐레조브 기자 심문(審問)

실리코브의 사무실에 마리아 키릴로바 살해를 조사하는 모든 수사팀이 자리했다.

긴 탁자에 미코브 경사와 칼레브 경사, 흔적에 대한 전문가 **다비드 보레브**와 의사인 **밀란 흐리스토브** 박사가 앉아 있다. 실리코브는 서 있다.

참석자들을 바라보고 천천히 말했다.

"동료 여러분, 우리는 아직 마리아 키릴로바 살인 동기도 파악할 수 없습니다.

나와 칼레브, 미코브 경사는 키릴로바의 친척, 동료들을 심문했지만, 만족할만한 내용이 없습니다.

그녀가 적이 없는 것은 분명합니다.

마리아 키릴로바는 정직한 부인이고 좋은 엄마고 존경받는 직장동료였습니다.

그러나 아마 기자로서 쓴 기사가 살인 이유라고 짐작합니다. 잘 알겠지만 지금 기자들은 매우 활동적입니다.

그들은 고위층 사람들의 은밀한 일을 조사하고 작은 범죄를 증명합니다.

신문 텔레그라포에서 마리아 키릴로바와 슬라바 안겔로바가 쓴 기사를 읽었습니다.

주제가 마약 거래에 관한 것입니다.

마약이 큰 돈벌이가 된다는 것을 우리는 잘 압니다.

마리아 키릴로바와 슬라바 안겔로바는 실제 이 거래에 연결된 중요한 사람들의 이름을 알아냈습니다.

두 사람은 신문에 그들 이름을 쓰려고 준비했습니다.

La logiko estas, ke al iu ne plaĉis tio kaj li decidis fermi la buŝojn de Maria Kirilova kaj de Slava Angelova. Maria mortis, sed Slava Angelova ankoraŭ estas viva kaj mi supozas, ke ŝi estos la sekva viktimo.

Ĉiuj atente alrigardis Silikov.

–Mi proponas, ke la serĝentoj Kalev kaj Mikov organizu sekvon de Slava Angelova. Tiel ni sukcesos gardi ŝin kaj verŝajne ekscios kiu estas la murdisto de Maria. Ĉu vi komprenis, serĝentoj Mikov kaj Kalev.

–Jes – respondis ambaŭ serĝentoj.

–La sekvo ne estos oficiala kaj leĝa – daŭrigis Silikov. - Ĝi estu tre diskreta. Neniu rimarku, ke vi sekvas ŝin, nek ŝi, nek iu alia, ĉar mi opinias, ke aliaj same sekvos ŝin.

–Ni komprenas, sinjoro komisaro – diris Kalev.

–Estas malfacila tasko, sed dum kelkaj tagoj ni devas fari tion kaj vidi ĉu iuj aliaj ne sekvas ŝin.

–Jes – diris denove la serĝentoj.

–La ĉefredaktoro de "Telegrafo" sciigos al vi detalojn pri Slava Angelova: kie ŝi loĝas, kiam ŝi venas matene en la redaktejon kaj tiel plu.

–Jes.

–Ĉiun tagon vi raportu persone al mi pri la plenumo de la tasko. Kaj ne forgesu, tre atente, ŝia vivo estas en danĝero.

논리적으로 보면 누군가에게 그것이 상당히 거슬려 마리아 키릴로바와 슬라바 안겔로바의 입을 막으려고 했습니다. 마리아는 죽었습니다. 그러나 슬라바 안겔로바는 아직 살아 있습니다. 그녀가 다른 희생자가 될 거라고 예상합니다."

모든 사람이 주의 깊게 실리코브를 쳐다보았다.

"칼레브 경사와 미코브 경사는 슬라바 안겔로바 미행팀을 만들기 바랍니다. 어떻게든 우리는 그녀를 지켜야 하고 누가 마리아의 살인자인지 알게 될 것입니다. 미코브 경사와 칼레브 경사, 알겠습니까?"

"예!" 두 경사가 대답했다.

"미행은 공식적이지도 합법적이지도 않습니다. 신중해야 합니다. 여러분이 미행하는 것을 그녀든 다른 누구든 알아차려서는 안 됩니다. 내 생각에 누군가도 똑같이 그녀를 뒤따를 것입니다." 실리코브가 계속 말했다.

"잘 알겠습니다. 위원님." 칼레브가 말했다.

"어려운 일입니다. 그러나 며칠 동안 미행해서 다른 누군가가 그녀를 추적하진 않는지 봐야 합니다."

"예!" 다시 경사들이 말했다.

"텔레그라포 신문 편집장이 슬라바 안겔로바에 대해서 세부적인 정보들, 어디 살고, 아침에 언제 신문사에 출근하는지 등을 알려줄 것입니다."

"예!"

"내일 이 일을 수행한 결과에 대해 개인적으로 보고하시오. 그리고 주의 깊게 실행하세요. 그녀의 삶이 위험에 처했다는 걸 잊지 말고."

-Ni plenumos la taskon, sinjoro komisaro – diris Kalev.

-Mi ne dubas – alrigardis lin Silikov. – Kolegoj, ĉu vi deziras aldoni ion, rilate la esploron de la murdo, ĉu vi havas demandojn?

Neniu el ĉeestantoj ion diris.

-Bone – konkludis Silikov. – Ni daŭrigu la laboron kaj post du tagoj ni denove pritraktos la problemojn.

Ĉiuj ekstaris de la seĝoj kaj eliris el la kabineto de la komisaro.

Silikov komencis trafoliumi la hodiaŭan "Telegrafo" kaj atente legi la titolojn de la artikoloj. En la hodiaŭa numero same ne estis artikolo pri la narkotaĵonegoco kaj la narkotaĵobaronoj. En la antaŭa artikolo Slava Angelov promesis, ke baldaŭ ŝi verkos novan artikolon, en kiu listigos la nomojn de politikistoj, deputitoj, ministroj, ligitaj al la narkotaĵonegoco. "Ĉu ŝi timiĝis, demandis sin Silikov." Kiam li konversaciis kun ŝi, ŝi montris sin tre kuraĝa kaj firme deklaris, ke verkos la daŭrigon de la artikolo kaj senmaskigos ĉiujn famajn personojn, kiuj okupiĝas pri tiu ĉi negoco. Povas esti, ke la ĉefredaktoro ne permesis la aperigon de la artikolo, meditis Silikov.

Kiam Silikov konversaciis kun Miroslav Delev, Delev ne menciis, ke Maria Kirilova kaj Slava Angeliova verkis tiklan artikolon pri la narkotaĵoj.

"우리 과제를 수행하겠습니다. 위원님."

칼레브가 말했다. 실리코브가 그를 쳐다보았다.

"나는 의심하지 않습니다. 동료 여러분, 살인 조사에 대해 더 질문 있습니까?"

참석자 그 누구도 아무 말하지 않았다.

"좋습니다." 실리코브가 결론지었다.

"계속 일합시다.

그리고 이틀 뒤 다시 문제를 다뤄봅시다."

모든 사람이 의자에서 일어나 위원 사무실에서 나갔다. 실리코브는 오늘 날짜 텔레그라포를 넘겨보면서 주의 깊게 기사 제목을 읽었다.

오늘 자에도 마찬가지로 마약 거래와 마약 귀족에 관한 기사가 없었다.

전(前) 기사에서 슬라바 안겔로바는 곧 마약 거래에 연결된 정치가, 국회의원, 장관의 이름을 새 기사에 싣겠다고 약속했다.

'그녀는 두려운가?' 실리코브는 궁금했다.

그녀와 대화했을 때 자신만만하게 기사의 다음 호를 쓸 것이며 이 거래에 관여하는 모든 유명한 사람들을 폭로하겠다고 분명 밝혔다.

기사 내보내는 것을 편집장이 허락하지 않을 수 있다고 실리코브는 생각했다.

실리코브가 미로슬라브 델레브와 대화할 때 델레브는 마리아 키릴로바와 슬라바 안겔로바가 마약에 대해 다루기 힘든 기사를 쓴다고 언급하지 않았다.

Delev certe bonege sciis pri tiu ĉi artikolo, sed li provis dormigi la atenton de Silikov kaj diris, ke la ĵurnalista agado de Maria Kirilova estas rutina. Li emfazis, ke Maria verkis nur artikolojn, ligitajn al socialaj problemoj. Eble Delev tute ne sciis kaj ne supozis, ke Maria kaj Slava esploras la narkotaĵonegocon. Certe ili ne informis Delev kaj aperigis la artikolon malantaŭ lia dorso. Verŝajne kiam li vidis la artikolon, li koleriĝis, sed nenion povis fari. Ĝi jam estis aperigita.

Hieraŭ Slava diris, ke neniu minacis ŝin, sed Silikov tute ne kredis tion. Li estis certa, ke oni minacis Slava-n kaj nun li scivolis aŭdi la raporton de Kalev pri tio. Sendube Slava estis en danĝero. Ŝi eniris la groton de la monstro kaj certe ne eliros el ĝi viva. Nun dank' al la artikolo kaj dank' al Slava la polico povos kapti ne nur tiujn, kiuj minacas ŝin, sed same la murdiston de Maria. Silikov bone konsciis, ke la polico kaptos la ulojn, kiuj minacas Slava-n, sed verŝajne neniam kaptos la narkotaĵobaronojn. Ja, ili okupas altajn postenojn en la ŝtata adminstracio, en la politiko kaj ĉiam estas netuŝeblaj.

Ĝuste je la dek-dua horo Silikov eliris el la policejo por tagmanĝi. Hodiaŭ la vetero estis bona. Blovis malvarmeta vento kaj la suno brilis. Ne estis nuboj, la urbo aspektis iel gaja kaj festa.

델레브는 분명히 이 기사에 대해 잘 알지만 실리코브의 관심을 돌리려고 해서 마리아 키릴로바의 기자 일이 일상적이라고 말했다.

마리아가 오직 사회문제에 연결된 기사만 썼다고 강조했다. 아마 델레브는 마리아와 슬라바가 마약 거래를 조사한다는 사실을 전혀 몰랐을 수도 있다.

분명 그들은 델레브에게 알리지 않고 몰래 기사를 냈을 것이다.

그가 그 기사를 볼 때 화를 냈지만, 그 무엇도 할 수 없었다. 그것이 이미 나와 버렸기 때문에.

어제 슬라바는 그 누구도 자기를 위협하지 않는다고 말했지만, 실리코브는 그말을 믿지 않았다.

누군가 슬라바를 위협한다고 확신하고 지금 이에 대한 칼레브의 보고 듣기를 기대했다.

의심할 여지 없이 슬라바는 위험에 처해 있다. 그녀는 괴물의 동굴에 들어가서 살아서는 거기서 나올 수 없다.

지금 기사 덕분에 슬라바 때문에 경찰은 그녀를 위협하는 자뿐 아니라 마리아의 살인자도 잡을 수 있다.

경찰이 슬라바를 위협하는 놈은 찾겠지만 정작 마약 귀족은 잡을 수 없다는 것을 잘 안다.

행정부나 경찰 고위직에 있어 항상 접근할 수 없다.

정각 12시에 실리코브는 점심을 먹으려고 경찰서를 나왔다. 오늘 날씨가 좋다.

시원한 바람이 불고 해가 빛난다.

구름은 없고 도시는 활기차고 흥겹다.

Sur la stratoj videblis multaj homoj, kiuj rapidis, obseditaj de siaj problemoj kaj taskoj. Silikov tamen paŝis malrapide, ĝuante la tagmezan sunon, la freŝan aeron kaj rigardis la montrofenestrojn sur la strato. En ili estis modaj vestoj, ŝuoj, komputiloj, fotiloj, televidiloj··· Delonge li ne estis en iu vendejo kaj delonge nenion aĉetis. Somere, dum la ferio, li planis ekskursi kun Rita en Egiptio kaj devis aĉeti bonan fotilon por fari tie multajn fotojn.

Kiam li estis lernanto tre ŝatis foti. Tiam li havis malnovan rusan fotilon, sed per ĝi faris bonajn fotojn kaj oni diris, ke li havas talenton foti. Jam tiam li spertis kapti interesajn momentojn aŭ belajn pejzaĝojn.

Fojfoje Silikov tagmanĝis en la klubejo de la ĵurnalistoj. Tie estis restoracio, en kiu oni servis bongustajn manĝaĵojn. Tie kutimis tagmanĝi Ljuben Kerelezov, la ĵurnalisto, kaj Silikov supozis, ke renkontos lin hodiaŭ.

La restoracio estis granda kun pluraj tabloj kaj kiam Silikov eniris, li tuj ekflaris la aromon de bongustaj manĝaĵoj. Ĉe kelkaj tabloj jam estis homoj, kiuj tagmanĝis. Li ĉirkaŭrigardis, rimarkis Kerelezov, kiu estis sola ĉe tablo en la angulo de la restoracio, proksimiĝis kaj afable salutis lin:

—Bonan tagon, Kerelezov, kaj bonan apetiton.

—Ho, komisaro, - levis kapon Kerelezov

거리에는 자신의 문제에 빠진 많은 사람이 서두르는 것을 볼 수 있다. 그러나 실리코브는 한낮의 해, 시원한 공기를 즐기며 천천히 걸어가고 거리 위 진열장을 쳐다본다. 거기에는 최근 유행하는 옷, 신발, 컴퓨터, 사진기, 텔레비전이 있다. 오래전부터 어느 판매점에도 가지 않았고 아무것도 사지 않았다. 여름 휴가 때, 리타와 함께 이집트 여행 계획을 세워 많은 사진을 찍을 좋은 사진기를 사야 했다.

학생이었을 때 사진을 아주 좋아했다. 그때 오래된 러시아산 사진기를 가지고 있었는데, 그것으로 좋은 사진을 찍었다. 사람들이 사진 찍는 재능이 있다고 말했다. 그때부터 흥미로운 순간이나 예쁜 풍경을 포착하는 데 능숙했다.

실리코브는 기자들의 클럽에서 여러 번 점심을 먹었다. 거기에 식당이 있는데 맛있는 음식이 나왔다. 거기서 류벤 케렐레조브 기자도 종종 점심을 먹는다.

실리코브는 오늘 그를 보리라고 짐작했다. 식당은 탁자가 여럿 있고 넓다. 실리코브가 들어가자마자 맛있는 음식의 향기가 코끝을 건드렸다.

몇몇 탁자에는 이미 점심식사를 마친 사람들이 앉아 있다. 그는 주변을 살피더니 식당 구석에서 탁자에 혼자 앉아 있는 케렐레조브를 발견하고 가까이 가서 상냥하게 인사했다.

"안녕하세요. 기자님, 맛있게 드세요."

"아, 위원님!"

케렐레조브가 고개를 들었다.

- ĉiam vi aperas tute neatendite.

-Jes, kompreneble – ekridetis Silikov – tial mi estas policano por aperi ĉiam neatendite.

-Ĉu vi venis tagmanĝi?

-Jes. Vi scias, ke de tempo al tempo mi tagmanĝas ĉi tie. Plaĉas al mi la manĝaĵoj. Ĉu vi permesas, ke mi sidiĝu ĉe vi? – demandis Silikov.

-Bonvolu – diris Kerelezov.

Silikov sidiĝis kaj tuj al la tablo venis la kelnero.

Silikov alrigardis la manĝoliston kaj mendis legoman supon, rostitan porkan viandon kun frititaj terpomoj.

-Ĉu vi trovis la murdiston de Maria Kirilova? – demandis Kerelezov.

-Ankoraŭ ne – respondis Silikov. – Evidentiĝis, ke ne estas facile. Mankas spuroj, atestantoj kaj klaraj la motivoj. Mi tamen eksciis, ke vi tre bone konis Maria-n. Vi amindumis ŝin.

-Jes, ni estis samklasanoj en la gimnazio kaj poste samstudentoj en la universitato – diris iom ĝene Ljuben.

-Ĉu post jaroj vi ne renovigis vian amon unu al alia? – demandis Silikov.

-Certe vi ŝercas, komisaro.

-Serioze mi parolas. Povas esti, ke vi renovigis viajn rilatojn kaj la edzo de Maria eksciis tion. Kompreneble tio estas nur supozo – ekridetis Silikov.

"항상 전혀 예기치 않게 나타나시네요."

"예, 당연하죠." 실리코브가 살짝 웃었다.

"그래서 항상 예고 없이 나타내려고 경찰관이 되었어요."

"식사하러 오셨나요?"

"예, 아시다시피 때로 여기에서 점심을 먹어요. 음식이 내 마음에 들거든요. 여기 앉아도 되겠습니까?" 실리코브가 물었다.

"앉으세요." 케렐레조브가 말했다.

실리코브가 앉자 곧 종업원이 탁자로 왔다.

실리코브는 메뉴판을 쳐다보더니 채소죽, 튀긴 감자를 곁들인 군 돼지고기를 주문했다.

"마리아 키릴로바 기자의 살인범은 찾으셨나요?" 케렐레조브가 질문했다.

"아직요." 실리코브가 대답했다.

"쉽지 않아요. 흔적과 증인, 명확한 동기가 부족해요. 기자님이 마리아 기자를 잘 안다고 알고 있는데, 두 분이 사귀셨죠?"

"예, 우리는 고등학교 때 같은 반 학생이었고 나중에 대학에서 같이 공부했습니다."

조금 난처한 듯 류벤이 말했다.

"몇 년 후 다시 새롭게 사랑을 시작하지 않았나요?" 실리코브가 질문했다.

"농담이시죠? 위원님."

"진지하게 말합니다. 새로운 관계를 마리아 기자의 남편이 알았을 수도 있죠. 물론 그것은 어디까지나 추측입니다." 실리코브가 웃음 지었다.

-Via laboro estas tre komplika, vi esploras eĉ la intiman vivon de la viktimoj -diris la ĵurnalisto.

-Komplika kaj ampleksa. Ni devas pridemandi plurajn personojn, kiuj konis Maria-n Kirilova-n. Mi konversaciis kun Slava Angelova, ŝia kolegina kaj bona amikino. Ŝi menciis, ke antaŭe laboris en ĵurnalo "Popola Voĉo", en kiu vi laboras. Ĉu vi konas ŝin?

-Kompreneble – tuj diris Kerelezov. – Ni kune laboris tri jarojn. Slava estas tre bona ĵurnalistino, kiu ĉiam provokas skandalojn.

-Ĉu? – alrigardis lin Silikov.

-Oni maldungis ŝin de "Popola Voĉo".

-Tion mi ne sciis – diris Silikov – kaj kial oni maldungis ŝin?

-Slava aperigis en "Popola Voĉo" tre kritikan artikolon pri la ministro de la sanprotektado, en kiu publikigis, ke la ministro mendis el eksterlando vakcinojn, kiuj ne estis taŭgaj. Do, temis pri granda korupto kaj la ministro gajnis bonan sumon. La artikolo vekis bruan skandalon. Post ĝia apero la ministro proponis sian eksiĝon kaj la ĉefministro tuj eksigis lin, sed la ĉefredaktoro de "Popola Voĉo" maldungis Slava-n Angelova-n. Eble vi memoras tiun ĉi skandalon? – demandis Kerelezov.

-Jes – diris Silikov. – Nun mi komprenas kial la nomo de Slava Angelova estis konata al mi.

"경찰의 일은 아주 복잡하군요. 희생자의 사생활까지 조사하시네요." 기자가 말했다.

"복잡하고도 광범위하죠. 우리는 마리아 키릴로바 기자를 아는 수많은 사람을 심문해야 해요. 나는 직장동료이며 좋은 친구인 슬라바 안겔로바 기자와 이야기를 나눴어요. 그녀는 기자님이 근무하는 포폴라보초 신문사에서 전에 근무했다고 언급하더군요. 그녀를 아시나요?"

"당연하죠." 곧 케렐레조브가 말했다.

"우리는 3년간 같이 일했어요. 그녀는 항상 추문을 불러일으키는 아주 좋은 기자였죠."

"뭐라고요?"

실리코브가 그를 바라보았다.

"포폴라보초에서 해고당했어요."

"그건 몰랐네요." 실리코브가 말했다.

"슬라바가 포폴라보초에서 보건복지부 장관에 관해 비판적 기사를 내보냈어요. 거기에 장관이 부적합한 백신을 외국에서 주문했다고 밝혔어요. 그리고 장관이 상당한 돈을 받았다는 부정부패를 다루었어요. 기사는 시끄러운 추문을 불러일으켰죠. 기사가 나온 뒤 장관은 사직 의사를 밝히고 총리가 사표를 수리했어요. 그러나 포폴라보초의 편집장은 슬라바 안겔로바 기자를 해고했죠. 아마이 추문을 기억하시죠?"

케렐레조브가 질문했다.

"예." 실리코브가 대답했다.

"이제야 슬라바 안겔로바라는 이름이 귀에 익었는지 이해가 되네요."

-Slava Angelova emas esplori la korupton de la oficistoj en la ŝtata adminstracio, kio tute ne plaĉas al la registaro. La ĉefredaktoroj de la ĵurnaloj same ne ŝatas ŝin, ĉar ŝi kaŭzas al ili problemojn. Ŝajnas al mi, ke ŝi ne longe plu laboros ĉe "Telegrafo".

-Ĉu hazarde vi scias konkretan kialon pro kio oni maldungos ŝin de "Telegrafo"? - demandis Silikov.

-Ne, sed mi certas, ke ŝi baldaŭ trovos alian skandalon.

Kerelezov finis la tagmanĝon kaj diris al Silikov:

-Pardonu min, sed mi devas tuj foriri. Estas gazetara konferenco en la Ministerio pri transporto kaj mi devas nepre ĉeesti.

-Vi ne malfruiĝu. Ĝis revido - diris Silikov.

-Mi esperas, ke baldaŭ ni denove renkontiĝos kaj ni havos pli da tempo babili kaj klaĉi - ekridetis Kerelezov kaj ekrapidis al la pordo de la restoracio.

Silikov admiris lian energion. Kerelezov ĉiam rapidis kaj ĉiam sukcesis ĝustatempe esti tie, kie okazas io grava. Kiam li trovas tempon verki artikolojn, demandis sin Silikov. Oni ofte sendis Kerelezov eksterlanden kaj certe ankoraŭ ne ekzistis eŭropa lando, en kiu li ne estis.

Silikov opiniis, ke li mem neniam povus esti ĵurnalisto. Ne plaĉis al li simila streĉa laboro.

"슬라바 안겔로바 기자는 정부 행정부 관리들의 부패를 조사하려고 하는데, 전혀 정부 맘에 들지 않았죠. 신문사 편집장들 역시 맘에 들지 않았어요. 그들에게 문제를 불러일으키기 때문이죠. 텔레그라포에서도 더 근무하지 못할 거라고 봐요."

"혹시 텔레그라포에서 그녀를 해고할만한 확실한 이유를 혹시 아시나요?"

실리코브가 물었다.

"아니요, 그러나 곧 그녀는 다른 추문을 발견하리라고 확신해요."

케렐레조브는 식사를 마치고 실리코브에게 말했다.

"죄송합니다만 꼭 가 봐야 해요. 교통부에서 기자간담회가 있어 꼭 참석해야 하거든요."

"늦지 마십시오. 안녕히 가십시오."

실리코브가 말했다.

"곧 다시 만나서 많은 시간 이야기하고 농담도 하기 원해요."

케렐레조브가 농담하고 서둘러 식당 문으로 나갔다. 실리코브는 그의 에너지를 칭찬한다. 케렐레조브는 항상 바쁘고 중요한 무언가가 있는 곳에 매번 정시에 나타난다. 언제 기사를 쓸 시간이 있는지 실리코브는 궁금했다. 사람들이 자주 케렐레조브를 외국으로 보낸다. 유럽에 가지 않은 나라가 없을 것이다. 실리코브는 자신은 결코 기자가 될 수 없다고 생각했다. 기자가 겪는 긴장감이 마음에 들지 않는다.

Li estis persono, kiu ŝatis atente pripensi situacion, analizi ĉiujn detalojn kaj nur poste agi. Eble tial la detektiva laboro logis lin.

그는 상황을 주의 깊게 생각하고 모든 세부적인 일을 분석하고 나중에 행동하는 것을 좋아하는 사람이다. 그래서 그에게 형사 일이 매력적이다.

14.

La kafejo "Ali-Babo" havis tre malbonan gloron. Antaŭ du jaroj, en aprilo, en ĝi estis pafmurdita Janko Karateisto, kiu estis ano de tielnomata asekura bando. Membroj de tiu ĉi bando estis ĉefe estintaj junaj sportistoj, kiuj perforte devigis posedantojn de restoracioj, kafejoj, vendejoj mendi asekurojn ĉe asekurfirmao de la bando. Se iuj el la posedantoj ne mendis asekuron en la firmao de la bando, iliaj restoracioj, kafejoj aŭ vendejoj estis bruligitaj kaj poste neniu sciis kiu kaŭzis la incendion.

Janko Karateisto estis aktiva ano de tiu ĉi bando. En iu aprila tago, antaŭtagmeze, li estis en kafejo "Ali-Babo" kun du amikoj. Ili trankvile trinkis kafon kaj babilis, kiam en la kafejon eniris ebria junulo, kiu iris de tablo al tablo, falis, stariĝis kaj denove ekiris. Oni rigardis lin. Iuj ridis kaj primokis lin, sed kiam la ebria ulo proksimiĝis al la tablo, ĉe kiu sidis Janko Karateisto, li trankvile prenis pistolon kaj pafis en la kapon de Janko. Evidentiĝis, ke la junulo nur ŝajnigis ebrion. Post la mortpafo li forkuris de la kafejo kaj neniu povis diri kiu li estis kaj kiel li aspektis. Tiel mortis Janko Karateisto, kiu estis fama, ĉar igis tre multajn personojn mendi asekuron ĉe la firmao de la bando.

14장. 다코와 리코의 만남

카페 '알리 바보'에는 몹시 나쁜 소문이 있다.

2년 전 4월, 이른바 **보증단** 단원인 **얀코 카라테이스토**가 그곳에서 총에 맞아 죽었다.

조직원들은 주로 전직 젊은 운동선수였는데, 그들은 식당, 카페, 판매점 주인들에게 조직의 보험 회사에 보험을 들라고 강요했다.

만약 조직의 보험 회사에서 보험을 들지 않으면 식당, 카페, 판매점은 불이 나는데, 나중에 화재 이유가 무엇인지 아무도 모른다.

얀코 카라테이스토는 이 조직의 활동적인 단원이었다.

어느 4월 오전에 그는 카페 알리 바보에서 친구 두 명과 함께 편안히 커피를 마시며 수다를 떨었다.

그때 카페에 술 취한 젊은이가 들어와 이 탁자 저 탁자 다니며 넘어지고 일어나서 다시 갔다.

사람들이 그를 쳐다보았다.

누구는 웃으며 놀리고 있는데, 술 취한 사람이 얀코 카라테이스토가 앉아 있는 탁자에 가까이 다가가더니 조용히 총을 꺼내 얀코의 머리에 쐈다.

젊은이는 술 취한 척 한 것이 분명했다.

총으로 쏜 뒤 카페를 나갔는데, 아무도 그가 누군지 어떻게 생겼는지 말할 수 없다.

그렇게 얀코 카라테이스토는 죽었다.

그는 많은 사람들에게 조직 회사의 보험을 들게 해서 유명했다.

En kafejo "Ali-Babo" daŭre kolektiĝis gejunuloj kaj multaj el ili estis estintaj sportistoj. Hodiaŭ antaŭtagmeze Dako devis renkontiĝi kun Riko ĉi tie. Estis la deka horo, kiam Dako eniris la kafejon. Ĉe la tabloj estis nur kelkaj personoj. Iujn el ili Dako konis kaj supraĵe salutis ilin.

La kafejo estis tre luksa, kun tabloj, kiuj havis marmorajn platojn, kun pluŝaj pezaj kurtenoj kaj bildoj sur la muroj, pejzaĝoj el diversaj arabaj landoj. La posedanto, same estinta sportisto, luktisto, iama eŭropa ĉampiono, deziris, ke la kafejo havu orientan etoson, sed la interno ne tre plaĉis al Dako. Li sidiĝis ĉe unu el la tabloj, mendis kafon kaj atendis. Li sciis, ke Riko aperos precize je la deka kaj dek minutoj, sed antaŭe en la kafejon eniros liaj gardistoj.

Ĝuste je la deka kaj dek minutoj eniris la gardistoj. Dako bone konis ilin. La unua estis preskaŭ du metrojn alta kun vizaĝo, simila al ursa buŝego kaj korpo kiel metala ŝranko. La alia – malalta, sed oni tuj rimarkus, ke li estas tre energia kaj verŝajne se okazos io, li saltus kiel pantero. Li havis etajn ruzajn okulojn, kiuj konstante moviĝis dekstren kaj maldekstren kaj estis klare, ke li ĉion rimarkas, eĉ la plej etajn detalojn.

La gardistoj iom promenis en la kafejo kaj sidis ĉe du diversaj tabloj.

카페 알리 바보는 계속 젊은이들이 모이고 그들 대부분 전직 운동선수였다.

오늘 오전에 다코는 여기서 리코와 만나기로 했다.

다코가 카페에 들어올 때는 10시였다.

카페에는 몇 명밖에 없었다.

그들 중 일부에게 다코가 인사했다.

카페는 매우 화려해서 탁자는 대리석판으로, 커튼은 무거운 플래시 천으로 되어 있다.

벽에는 여러 아랍 나라의 풍경화가 걸려 있다.

카페 주인 역시 전직 운동선수로 격투기 유럽 챔피언이었다. 카페에 동양의 정취가 깃들기를 원했지만, 다코 마음에 들진 않았다.

커피를 주문하고 기다렸다. 리코가 정확히 10시 10분에 나타날 것이지만, 앞서서 카페에 그의 경호원들이 들어올 것이다.

정확히 10시 10분에 경호원이 들어왔다.

다코는 그들을 잘 안다.

첫 번째 사람은 거의 2m 되는 키에 곰의 큰 부리를 닮은 얼굴에 철로 만든 옷장 같은 몸을 가졌다. 두 번째 사람은 키가 작지만, 매우 힘이 넘치고 무슨 일이 있으면 표범처럼 뛰어갈 것처럼 생겼다.

그는 작고 교활한 눈을 가졌는데, 꾸준히 오른쪽 왼쪽으로 움직여서 미세한 움직임조차 알아차릴 것이 분명했다.

경호원들은 카페에서 조금 서성거리다가 두 개의 다른 탁자에 앉았다.

La ulo kun la ursa buŝego sidis proksime al la pordo kaj la alia kun la ruzaj okuletoj – ĉe la tablo, kiu estis proksime al Dako. Riko eniris la kafejon kaj verŝajne neniu rimarkis lin. Li ĉiam estis tre modeste vestita, paŝis malrapide, lia rigardo aspektis bonintenca kaj neniu, kiu ne konis lin, supozis, ke li estas riĉulo, homo, kiu posedas multe da mono.

Riko sidiĝis ĉe la tablo, ĉe Dako kaj demandis:

–Ĉu vi fartas bone?

Tio signifis: "Ĉu hazarde vi ne havas problemojn kun la polico." Kiam Dako respondis: "tre bone", Riko fiksrigardis lin kaj Dako tuj komprenis, ke io ne estas en ordo. Post longa minuto Riko tre mallaŭte eksiblis:

–Vi ne mortpafis tiun, kiun vi devis mortpafi.

Aŭdinte tiun ĉi frazon, Dako preskaŭ saltis de la seĝo. Li ĉion atendis, sed nur ne tion.

–Kiel eblas? – demandis li.

–Eblas – diris mallaŭte Riko.

–Sed vi montris al mi foton ĝuste de la virino, kiun mi devis mortpafi.

–Jes – diris Riko – tamen iu eraris.

–Kiu?

–Ne demandu! – avertis lin Riko.

–Kaj nun?

곰의 커다란 부리를 닮은 사람은 출입문 가까운 곳에 앉고, 교활한 눈을 가진 다른 사람은 다코와 가까운 탁자에 앉았다. 리코가 카페에 들어왔는데 아무도 그를 알아보지 못한 듯했다. 그는 항상 매우 소박하게 차려입고 천천히 걷는다. 좋은 인상을 풍겼고 그를 모르는 사람은 그가 부자라고 짐작할 수도 없다. 리코는 다코와 같은 탁자에 앉아 물었다.

"잘 지내나요?"

그것은 혹시라도 경찰과 문제는 없느냐는 것을 의미한다. 다코가 '아주 좋습니다'라고 대답할 때 리코는 그를 뚫어지게 쳐다보았다. 다코는 뭔가 잘못된 것을 즉시 알아차렸다. 조금 있다가 작게 소곤거렸다.

"죽여야 할 사람을 죽이지 않았어."

이 말을 듣고 다코는 놀라 뛸 뻔했다. 모든 것이 끝나기를 기다렸지만 아직 아니었다.

"어떻게 일이 잘못될 수 있습니까?"

그가 질문했다.

"가능해." 리코가 조용히 말했다.

"내가 죽여야 할 여자의 사진을 정확히 보여주셨잖아요."

"맞아." 리코가 말했다.

"그러나 누군가 실수했어."

"누가요?"

"묻지 마."

리코가 그에게 경고했다.

"그럼 지금은."

-Vi ricevos novajn instrukciojn — denove sible diris Riko.

-Kiam mi ricevos la alian duonon de la mono? — demandis li.

-Provizore vi ne ricevos ĝin — diris Riko.

-Sed kial. Ja, mi finis la laboron kaj tute ne interesas min, ke vi montris al mi foton de alia virino.

-Mi klare diris — ripetis Riko.

-Tamen mi bezonas ĉi-monon. Mi plenumis la laboron, mi ricevu ĝin.

-Ne! — diris Riko.

-Min ne interesas kiu eraris. Vi dungis min, vi devas pagi al mi — koleriĝis Dako.

Riko nenion diris. Li ekstaris kaj ekiris al la pordo. La gardistoj rapide iris post li. Dako restis ĉe la tablo kaj ne sciis kion fari. Tio unuan fojon okazis al li. Ĝis nun li perfekte plenumis la taskojn, ricevis la monon, sed nun iu eraris kaj li pafmurdis alian virinon, kiu verŝajne estis senkulpa. Dako koleriĝis ne pro la eraro, sed pro tio, ke Riko ne pagis al li. Li sentis sin profunde ofendita. Al si mem li diris: "Neniu rajtas ludi kun Dako. Baldaŭ ili vidos kiu estas Dako kaj ege vi bedaŭros."

Li vokis la kelnerinon kaj mendis du konjakojn. Kiam li estis nervoza, li emis drinki, drinki multe por subpremi la nervozecon.

"새로운 지시를 받을 거야."

다시 '쉿' 소리 내며 리코가 말했다.

"돈의 나머지 반은 언제 받나요?" 그가 질문했다.

"아직 받을 수 없어." 리코가 말했다.

"왜요? 나는 작업을 끝냈어요. 다른 여자 사진을 보여 줬든 말든 나는 일을 정확히 했어요."

"내가 분명히 말했다."

리코가 뒤풀이했다.

"하지만 이번 돈이 필요해요. 작업을 수행했으니 돈을 받아야 해요."

"안 돼." 리코가 말했다.

"누가 잘못했는지 관심 없어요. 나를 고용하셨으니 돈을 내셔야 해요."

다코가 화를 냈다. 리코는 아무 말 하지 않았다. 그는 일어나서 문으로 향했다. 경호원이 서둘러 그를 뒤따라 나갔다. 다코는 남아서 무엇을 할지 알지 못했다. 그것은 처음 겪는 일이었다. 지금까지 과제를 완벽하게 수행했고 돈을 받았지만, 지금 누군가 실수해서 정말 죄 없는 다른 여자를 쏴 죽였다. 다코는 실수 때문이 아니라 리코가 돈을 내지 않아 화가 났다. 그는 매우 기분이 나빴다. 그는 혼잣말했다.

'그 누구도 나와 장난칠 권리가 없어. 곧 그들은 내가 누구인지 보게 될 거야. 크게 후회할 거야.'

그는 종업원을 불러 코냑 2잔을 주문했다.

그는 신경질이 나면 신경질이 가라앉을 때까지 술을 많이 마시는 습관이 있다.

Unuaj glutoj kutime iom trankviligas lin, sed poste li iĝas pli violenta kaj tiam neniu devas aperi antaŭ li, ĉar li povas mortigi lin.

La kelnerino alportis du glasojn da konjako kaj metis ilin sur la tablon antaŭ Dako. Iom da tempo li fiksrigardis ilin, poste etendis brakon, prenis unu el la glasoj, levis ĝin al la lipoj kaj fortrinkis la konjakon je unu spiro. Minuton li restis senmova, kvazaŭ atendis, ke io okazos. Subite antaŭ liaj okuloj aperis silueto de juna virino kun longaj nigraj haroj, vestita en helverda pluvmantelo. Ŝi proksimiĝis al li, ŝiaj okuloj fiksrigardis lin kaj kvazaŭ demandis: "Kial? Kion mi faris al vi?"

Dako haste apogis dorson al la seĝapogilo kaj freneze ekkriis: "Ne!" Ĉiuj en la kafejo alrigardis lin. Iuj supozis, ke li estas freneza, aliaj opiniis, ke li ne bone fartas kaj rigardis lin kompateme. Dako vokis la kelnerinon, pagis la du konjakojn, sen trinki la duan, kaj rapide forlasis la kafejon.

Li marŝis sur la strato kaj sola frazo ŝvebis en lia menso: "Mi estas sangavida lupo, soleca sangavida lupo". Li trapasis piede la centron de la urbo kaj direktiĝis al la Ponto de la Kolomboj, kie proksime estis la bordeloj. Nun Dako bezonis paroli kun iu. Li ekiris sur straton "Oriono". Tuj dekstre estis "Gastejo Rozaj Sonĝoj". Li enris ĝin, direktiĝis al la kvina ĉambro kaj sen frapeti malfermis la pordon.

첫 방울이 보통 조금 안정시키지만, 나중엔 더 폭력적이 되고, 그때 누구라도 그 앞에 나타나면 안 된다.

그를 죽일 수도 있기 때문이다.

여자 종업원이 코냑 두 잔을 가져와 탁자 위 다코 앞에 놓았다. 한참 동안 잔을 쳐다보더니 나중에 팔을 뻗어 한 잔을 들고 입에 가져가 한숨에 다 마셔버렸다.

잠시 움직이지 않고 마치 무슨 일이 일어나기를 기다리듯 가만히 있었다.

갑자기 눈앞에, 검은 긴 머리카락에 밝고 푸른 비옷을 입은 젊은 여자의 그림자가 나타났다.

그녀는 가까이 다가오더니 눈동자는 뚫어지게 그를 보면서 마치 '내게 무슨 일을 한 거니?' 하고 묻는 듯했다.

다코는 서둘러 의자 등받이에 등을 기대고 미친 듯이 소리쳤다. 카페에 있는 모든 사람이 그를 쳐다보았다. 누군가는 그가 미쳤다고 짐작하고 다른 사람은 잘 지내지 못한다고 생각하며 불쌍한 듯이 쳐다보았다.

다코는 종업원을 불러 코냑 두 잔 값을 치르고 두 번째 잔은 마시지 않고 서둘러 카페를 나왔다. 그는 거리 위로 걸어가는데, 한 문장이 머릿속에서 떠다녔다.

'나는 피에 굶주린 늑대다, 피에 굶주린 외로운 늑대.'

그는 도심을 걸어서 통과해 유곽이 가까이 있는 콜롬보 다리로 향했다.

지금 다코는 누군가와 대화해야만 했다. 그는 '오리오노(오리온)' 거리로 들어섰다. 곧 오른쪽에 여관 '로자 손조'가 있다. 그 안으로 들어가 5번 방으로 직행했다. 그리고 노크도 없이 문을 열었다.

Antaŭ li ekstaris Simona, nudpieda, vestita en mallonga verda robo.

-Ho, vi denove venis – ekridetis ŝi kaj ŝiaj sukcenkoloraj okuloj ekbriletis.

-Jes - diris li.

-Kiel vi fartas, kara mia? – demandis Simona, proksimiĝis kaj provis kisi lin.

Dako staris senmova, rigardis ŝin, deziris diri ion, sed ne sciis kiel komenci. Simona alrigardis lin.

-Kio okazis? Kial vi estas tia?

Dako ne respondis. Subite li turnis sin kaj foriris.

그 앞에 맨발에 짧은 푸른 웃옷을 입은 시므나가 일어섰다. "아이고, 다시 오셨네요." 그녀는 살짝 웃고 호박색 눈이 빛났다.

"응." 그가 말했다.

"어떤 일이시나요? 내 사랑이여!"

시므나가 질문하고 가까이 다가와 키스하려고 했다. 다코는 서서 움직이지 않고 그녀를 바라보고 무언가를 말하고 싶었지만 어떻게 시작할지 알지 못했다. 시모나가 그를 쳐다보았다.

"무슨 일 있나요? 왜 그러세요?"

다코는 대답하지 않고 갑자기 몸을 돌려 나갔다.

15.

Silikov estis en la kabineto. Aŭdiĝis frapeto ĉe la pordo.

-Bonvolu – diris Silikov.

Eniris serĝento Kalev.

-Bonan matenon, sinoro komisaro – salutis li.

-Bonan matenon. Kio okazis hieraŭ? – demandis Silikov.

-Kiel vi ordonis ni sekvis Slava-n Angelova-n. Preskaŭ dum la tuta tago ni observis ŝin. Matene ŝi iris al la redaktejo per sia aŭto. Ĝis tagmezo ŝi estis tie. Posttagmeze je la dek-kvara horo ŝi eliris el la redaktejo kaj piediris al la librovendejo "Puŝkin".

-Ĉu al librovendejo? – alrigardis lin demande Silikov.

-Jes. En la librovendejo ŝi ekstaris ĉe la bretaro kun novaj libroj. Tie estis aliaj homoj, sed al Slava Angelova proksimiĝis junulo kaj mi rimarkis, ke li kaŝe donis al ŝi noteton.

-Ĉu iu alia ne sekvis ŝin?

-Ne. Ni estis tre atentemaj. Krom ni neniu alia sekvis ŝin.

-Kaj ŝi ne rimarkis vin?

-Ne. Kelkfoje ŝi turnis sin malantaŭen, sed ni estas certaj, ke ŝi ne rimarkis nin.

15장. 다니엘 도네브 심문(審問)

실리코브는 사무실에 있다.

문에서 두드리는 소리가 났다.

"들어오세요."

실리코브가 말했다. 칼레브 경사가 들어왔다.

"안녕하십니까? 위원님."

그가 인사했다.

"안녕, 어제 무슨 일 있었나?"

실리코브가 물었다.

"지시하신 대로 슬라바 안겔로바 기자를 뒤따랐습니다. 하루종일 지켜보았습니다. 아침에 자가용으로 편집실에 출근했습니다. 점심때까지 거기서 일했습니다. 오후 3시에 편집실을 나와, 걸어서 서점 '푸슈킨'에 갔습니다."

"서점에?"

실리코브가 질문하듯 그를 쳐다보았다.

"예. 서점에서 신간 서적이 있는 서가에 서 있었습니다. 거기에 다른 사람이 있었지만, 슬라바 안겔로바 기자는 젊은이에게 가까이 다가갔고 그가 몰래 작은 수첩을 그녀에게 주는 모습을 보았습니다."

"다른 누군가가 그녀를 뒤따르지는 않았나?"

"예, 우리는 조심스럽게 움직였습니다. 우리 말고 뒤따르는 사람은 없었습니다."

"그녀가 우리를 눈치채지 않았지?"

"예, 여러 번 뒤를 돌아보았지만, 우리를 알아차리지 못했습니다."

-Bone. Ĉu vi eksciis kiu estas la junulo, kiu donis al ŝi la noteton?

-Jes. Poste niaj kolegoj sekvis lin. Li loĝas sur strato "Oktobro", numero 14 kaj lia nomo estas Daniel Donev, konata narkotaĵodisvastiganto. Ĝis nun tamen la polico ne sukcesis kapti lin kun narkotaĵoj kaj tial li ne estas kondamnita.

-Ni nepre devas pridemandi lin – diris Silikov. – Iru al lia loĝejo kaj konduku lin ĉi tien.

-Jes.

Serĝento Kalev eliris el la kabineto de Silikov.

Strato "Oktobro", ne tre granda, estis en la norda parto de la urbo. Antaŭ la domo numero 14 haltis polica aŭto kaj el ĝi eliris serĝentoj Kalev kaj Mikov. Ili eniris la domon, ekiris al la dua etaĝo kaj sonoris ĉe la pordo de apartamento 25. Post minuto la pordo malfermiĝis kaj kontraŭ ili ekstaris Daniel Donev, dudek-kvin-jara, blondhara kun iom nebula rigardo. Kiam li vidis la policanojn, li surpriziĝis, provis reiri en la loĝejon kaj fermi la pordon, sed Mikov kaptis lin.

-Ne rapidu – diris Mikov. – Vi estas Daniel Donev.

-Jes – murmuris Daniel. – Kio okazis? Nenion mi faris.

-Vi devas veni kun ni en la policejon por enketo.

-Sed vi ne rajtas – provis protesti li.

-Ni rajtas kaj vi bone scias tion – diris Mikov.

"알았네, 여기자에게 작은 수첩을 준 젊은이가 누군지 아나?"

"예, 뒤에 우리 동료 경찰관이 그 뒤를 따라갔습니다. **옥토브로**(10월) 거리 14번지에 살고, 이름은 **다니엘 도네브**이며 유명한 마약 배급업자입니다. 그러나 지금까지 마약을 소지하고 있는 그를 잡지 못해 재판에 넘겨진 적은 없습니다."

"우리는 꼭 그를 심문해야 해." 실리코브가 말했다.

"집으로 가서 그를 이리로 데리고 와."

"예." 칼레브 경사는 실리코브 사무실에서 나갔다. 옥토브로 거리는 그리 크지 않고 도시 북쪽에 자리 잡고 있다. 14번지 건물 앞에 경찰차가 멈추고 칼레브 경사와 미코브 경사가 그 안에서 나왔다. 그들은 건물로 들어가 2층으로 올라가서 25호 아파트 문에서 초인종을 눌렀다. 몇 분 뒤, 문이 열리고 그들 앞에 다니엘 도네브가 일어섰다. 그는 25세로 금발에 조금 희미한 눈빛을 가졌다. 경찰관들을 보자 놀라서 집 안으로 들어가 문을 잠그려고 했지만, 미코브가 그를 붙잡았다.

"서두르지 마. 너, 다니엘 도네브지?" 미코브가 말했다.

"예." 다니엘이 중얼거렸다.

"무슨 일이세요? 나는 아무 일도 안 했어요."

"조사 때문에 우리랑 경찰서에 가야 해."

"그럴 권한이 없잖아요." 그가 저항하려고 했다.

"우리는 권한이 있고, 네가 그걸 잘 알 테지."
미코브가 말했다.

-Ne kontraŭstaru, ĉar ni arestos vin ⁻ aldonis Kalev.

-Bone ⁻ konsentis Daniel. ⁻ Mi surmetos la jakon kaj venos.

Post minuto Daniel, Mikov kaj Kalev iris al la polica aŭto sur la straton.

Kalev raportis al komisaro Silikov, ke ili venigis Daniel-on.

-Bone ⁻ diris Silikov. ⁻ Li venu ĉi tien.

La serĝentoj eniris kun Danel en la kabineton de Silikov.

-Bonan venon ⁻ salutis lin la komisaro. ⁻ Vi ne konas min, sed mi jam bone konas vin. Ĵus mi tralegis vian dosieron. En ĝi oni skribas, ke vi okupiĝas pri narkotaĵodistribuado.

-Mi ne plu okupiĝas ⁻ deklaris Daniel.

-Tion diru al iu alia, ne al mi. Vi tamen estas ĉi tie ne pri tio. Mi deziras demandi vin pri io alia ⁻ diris Silikov.

Daniel alrigardis lin.

-Pri kio?

-De kiam vi konas la ĵurnalistinon Slava Angelova?

-Mi ne konas tian ĵurnalistinon kaj mi ne scias kiu ŝi estas.

-Bone pripensu. Ne rapidu ⁻ avertis lin Silikov.

-Mi pripensis. Mi ne konas ŝin.

"반항하지 마라. 우리가 너를 체포할 거니까."
칼레브가 덧붙였다.
"알았어요." 다니엘이 동의했다.
"잠바를 입고 나올게요."
잠시 뒤, 다니엘, 미코브, 칼레브는 경찰차로 걸어갔다.
칼레브가 실리코브 위원에게 다니엘을 데려왔다고 보고
했다.
"좋아." 실리코브가 말했다.
"이리 데려와."
경사들이 다니엘과 함께 실리코브 사무실로 들어왔다.
"어서 와." 위원이 그에게 인사했다.
"너는 나를 모르지만 나는 벌써 너를 알고 있어.
방금 네 서류를 훑어봤거든.
거기에 마약 배급하는 일 한다고 쓰여 있더라."
"이제는 하지 않아요." 다니엘이 단언했다.
"그것을 내가 아닌 다른 사람에게 말해.
하지만 그것 때문에 여기 온 것이 아니야.
다른 무언가에 관해 물어보려고 해."
실리코브가 말했다.
다니엘은 그를 쳐다보았다.
"무슨 일이요?"
"언제부터 슬라바 안겔로바 기자를 알고 있니?"
"나는 그런 기자를 몰라요. 그 사람이 누군지도 몰라요."
"잘 생각해 봐. 서둘지 말고."
실리코브가 그에게 경고했다.
"곰곰이 다시 생각해봤지만, 누군지 몰라요."

–Vi ne konas ŝin, sed hieraŭ je la dek-kvara horo posttagmeze vi renkontiĝis kun ŝi en la librovendejo sur strato "Puŝkin" kaj vi donis al ŝi noteton.

–Tio ne estas vero. Hieraŭ mi ne estis en la librovendejo sur strato "Puŝkin" kaj al neniu mi donis noteton.

–Bone. Mi vokos ŝin ĉi tien kaj demandos ŝin.

Post ioma hezito Daniel diris:

–Jes. Mi renkontiĝis kun ŝi.

–Bonege, ke vi rememoris. De kiam vi konas Slava-n Angelova-n? – demandis Silikov.

–De plu ol unu jaro.

–Kaj kiel vi konatiĝis?

–Ŝia filo, Emil, estis narkotulo. Li diris al ŝi, ke aĉetas de mi la narkotaĵojn kaj ŝi venis al mi. Ŝi minacis min, ke denuncos min al la polico kaj ŝi havis nur unu kondiĉon, ke mi rakontu al ŝi ĉion, kion mi scias pri la distribuado de la narkotaĵoj. Ŝi promesis, ke nia konversacio estos sekreta kaj mi diris al ŝi ĉion, kion mi scias. Poste ni komencis ofte renkontiĝi kaj mi daŭrigis rakonti al ŝi pri narkotaĵoreto en la lando.

–Tre bone kaj hieraŭ kion vi donis al ŝi.

–Mi diris al ŝi, ke baldaŭ estos enportita en la landon nova narkotaĵosendaĵo – diris Daniel.

–Kiam ĝuste?

"너는 그녀를 모르는데 어제 오후 3시에 푸슈킨 서점에서 그녀를 만나 작은 수첩을 줬지."

"그건 사실이 아니에요. 어제 나는 푸슈킨 서점에 가지 않았고 수첩을 누구에게도 주지 않았어요."

"좋아, 내가 그 기자를 이리로 불러 물어볼 거야."

조금 망설인 뒤 다니엘이 말했다.

"예, 제가 그 기자를 만났어요."

"아주 좋아, 기억해 냈구나.

언제부터 슬라바 안겔라바 기자를 알고 있었니?"

"1년 전부터요."

"어떻게 알게 되었지?"

"그녀의 아들 에밀은 마약을 해요.

에밀이 엄마에게 마약을 내게서 샀다고 말했어요.

그래서 그 여자가 내게 왔어요.

나를 경찰에 고발하겠다고 협박하더니 한 가지 조건을 내걸었어요.

마약 배급에 대해 내가 알고 있는 모든 것을 이야기해 달라고. 우리 대화가 비밀이라고 약속해서 나는 알고 있는 모든 것을 말했어요. 나중에 우리는 자주 만났어요. 그리고 이 나라의 마약 망에 대해 계속 이야기했어요."

"아주 좋아. 그리고 어제 그녀에게 무엇을 주었니?"

"곧 나라에 새 마약 공급물이 들어올 거라고 말했어요."

다니엘이 말했다.

"정확히 언제?"

-Mi ankoraŭ ne scias, sed baldaŭ mi ekscios tion.

-Mi esperas, ke vi ne forgesos informi nin –
fiksrigardis lin Silikov. – Nun skribu ĉion, kion vi diris
kaj kion vi scias pri narkotaĵodistribuado, pri la
distribuantoj, kiujn vi konas.

Silikov donis al Daniel paperon kaj skribilon kaj li
komencis skribi. Dum duonhoro Daniel diligente
priskribis ĉion, kion li scias pri narkotaĵodistribuado.

-Mi finis la skribadon – diris li al Silikov.

-Bone, subskribu vi.

Silikov prenis la foliojn kaj trarigardis ilin.

-Nun vi estas libera. Ne forgesu, ni observas vin.
Estu tre atentema.

Silikov turnis sin al Kalev kaj Mikov kaj ordonis al ili
akompani Daniel-on al la elirejo de la policejo.

"아직 모르지만, 곧 그것을 알게 될 거예요."

"우리에게도 알려주는 것을 잊지 말길 바래."

실리코브가 그를 쳐다보았다.

"지금 네가 말한 것을 모두 적어. 마약 공급에 관해 알고 있는 것, 네가 아는 공급업자들까지."

실리코브는 다니엘에게 종이와 필기구를 건네주었다. 그는 쓰기 시작했다. 30분 정도 다니엘은 마약 배급에 관해 알고 있는 모든 것을 열심히 써 나갔다.

"다 썼어요."

실리코브에게 말했다.

"좋아. 여기 서명해."

실리코브는 종이를 들고서 그것을 쭉 훑어보았다.

"이제 너는 자유야. 우리가 너를 지켜보고 있다는 것을 잊지 마. 아주 조심해야 해."

실리코브는 칼레브와 미코브에게 몸을 돌리고 경찰서 출구까지 다니엘을 데려다주라고 명령했다.

16.

Dako kuiris kafon, verŝis ĝin en la glason kaj sidiĝis antaŭ la televidilo. Kiam li estis hejme, li enuis, aŭskultis muzikon, spektis televidon. Kutime Dako pasigis la tagojn hejme, ne promenadis, ne vizitis teatrojn, koncertojn. Li gapis la televidilon kaj liaj pensoj ŝvebis sencele.

Delonge li planis ekskursi eksterlanden, deziris viziti Italion, Francion, Hispanion, sed planis kaj nenion entreprenis. Ĉio estos tre facila. Li nur devis decidi kiam ekveturi, li havis sufiĉe da mono kaj povis permesi al si esti en diversaj urboj, restadi en luksaj hoteloj, ripozejoj kaj fari longan rondvojaĝon. "Nun estas novembro, post monato komenciĝos la vintro, malbona por ekskursoj, sed printempe mi nepre ekvojaĝos, meditis Dako. "Mi ne rapidos reveni kaj traveturos la tutan Eŭropon. Mi vidis Afganistanon kaj Irakon, sed Eŭropon mi ankoraŭ ne vidis."

Dako malrapide trinkis la kafon kaj revis pri la belega ekskurso, kiun li faros printempe. Li jam vidis sin en Vieno, Parizo, Romo. Certe la virinoj belas kaj mi nepre estos kun ili. Ili konstatos, ke ankaŭ eksterlandanoj povas ĝui ilin. En tiu ĉi momento eksonis la telefono, Dako prenis la aŭskultilon kaj aŭdis la voĉon de Riko.

16장. 다코의 죽음

다코는 커피를 타서 잔에 그것을 붓고 TV 앞에 앉았다. 집에 있을 때는 심심해서 음악을 듣고 TV를 본다.

보통 다코는 집에서 하루를 보내고 산책도 안 하고 극장이나 음악회도 가지 않는다.

TV를 보는 동안 생각은 목적 없이 공중을 떠다닌다.

오래전부터 외국으로 여행 가리라 계획했다.

이탈리아, 프랑스, 스페인을 여행하고 싶었지만, 계획만 세우고 아무것도 실천하지 못했다.

아직은 실행할 수 있다.

언제 떠날지 결정만 하면 된다.

돈도 충분히 있고 여러 도시에 머물 수도 있고, 화려한 호텔이나 휴양지에서 긴 순회 여행도 할 수 있다.

'지금 11월이니 한 달 뒤면 겨울이 시작되고 여행하기에는 좋지 않아. 그러니 봄에 꼭 여행해야지.'

다코는 깊이 생각했다.

'나는 돌아오는데 서두르지 않고 전 유럽을 다닐 거야. 아프가니스탄과 이라크는 보았으나 유럽은 아직 본 적이 없어.'

다코는 천천히 커피를 마시고 봄에 할 멋진 여행에 관해 꿈을 꿨다.

벌써 **빈, 파리, 로마**에 있다. 분명 예쁜 여자들과 나는 같이 있다. 외국 사람들은 그것을 즐길 수 있다고 확신한다. 이 순간 전화기가 울렸다.

다코는 수화기를 들고 리코의 목소리를 들었다.

-Ĉi-vespere ni spektos "Makbeton" . Mi atendos vin je la dekoka kaj duono ĉe nia kutima loko kaj donos al vi vian eniribileton.

-Bone – diris Dako.

Agrabla sento obsedis lin. Finfine Riko telefonis kaj certe donos al li la alian duonon de la mono pro la pafmortigo de la ĵurnalistino. Aŭ povas esti alia mendo pri pafmurdo kaj tio ĝojigis Dako-n, ĉar gajnos pli da mono. "Do, mi bone fartos eksterlande printempe, diris li, mi havos multe da mono kaj nenio ĝenos min."

Je la kvina horo Dako preparis sin por eliri. La parko en la loĝkvartalo "Progreso" , kie li devis renkontiĝi kun Riko, ne estis proksime, sed Dako preferis veturi per aŭtobuso.

Jam vesperiĝis, kiam li eniris la parkon, kiu estis iom flanke de la domoj kaj preskaŭ neniam en ĝi estis homoj. Eble tial Riko elektis ĝin por la renkontiĝoj. Dako sidiĝis sur benkon kaj atendis. Ankoraŭ ne estis la dekoka kaj duono. Li sciis kiam precize venos Riko. Antaŭe aperos liaj gardistoj kaj poste li.

Dako rimarkis, ke unu el la gardistoj, tiu ĉi kun ursa buŝego, venas al li. "Eble li deziras diri ion al mi, supozis Dako" . La alta gardisto ekstaris antaŭ Dako kaj kiam li atendis, ke la gardisto diros ion, la gardisto eligis pistolon kaj pafis Dako-n en la bruston.

"오늘 밤 맥베드를 관람할 거야. 6시 30분에 평소 만나는 장소에서 기다릴게. 그리고 입장권을 줄게."

"알았어요."

다코가 말했다. 유쾌했다. 마침내 리코가 전화했으니, 여기자를 총으로 쏴 죽인 대가의 나머지 절반을 분명 줄 것이다. 아니면 살인에 관한 다른 주문이 있을 수 있다. 그것이 다코를 기쁘게 했다.

더 많은 돈을 벌게 될 테니까.

'그럼 봄에 외국에서 잘 보내야지.'

그가 말했다.

'나는 돈이 많이 있고 누구도 나를 귀찮게 안 해.'

5시에 다코는 외출 준비를 했다. 리코랑 만나야 하는 곳 '프로그레스' 주거지역의 공원은 가깝지 않다. 그러나 다코는 버스 타고 가는 것을 더 좋아한다. 건물의 외진 곳에 있어 거의 사람이 오지 않는 공원에 그가 들어갔을 때는 벌써 저녁이었다. 아마도 그런 이유로 리코는 만남의 장소로 이곳을 택했다. 다코는 공원 의자에 앉아 기다렸다. 아직 6시 반은 아니다. 다코는 리코가 얼마나 정확한 시각에 오는지 안다. 그의 경호원들이 앞서 나타날 것이고 뒤에 그가 올 것이다.

다코는 경호원 중 곰의 큰 부리 같은 얼굴을 한 사람이 오고 있는 것을 알아차렸다.

'아마 그가 내게 뭔가 말하고 싶은가 보다.'

다코가 짐작했다. 키가 큰 경호원은 다코 앞에 서더니, 다코가 경호원이 뭔가 말하기를 기다릴 때 총을 꺼내서 다코의 가슴에 총을 쏘았다.

Dako falis de la benko kiel sako da terpomoj. La pistolo havis silentigilon kaj la pafo preskaŭ ne aŭdiĝis. Antaŭ la ekpafo Dako nur tramurmuris: "Kial?"

La gardisto denove pafis, nun en lian kapon kaj diris:

—Ni plu ne bezonas vin — kaj li malproksimiĝis en la mallumo.

다코는 감자 자루처럼 의자에서 넘어졌다. 총은 소음기를 장치해 총소리가 거의 들리지 않았다. 총이 발사되기 전에 다코는 '왜?'라고 중얼거렸다. 경호원은 다시 이번엔 머리에 총을 쏘고 말했다.

"더는 네가 필요치 않아."

그리고 어둠 속으로 멀어졌다.

17.

Estis unu el la malmultaj vesperoj, kiam ĉiuj familianoj estis en la domo. Rita rapidis aranĝi la tablon por la vespermanĝo. Ŝi kuiris spagetojn kaj oni jam ekflaris la apetitan odoron. Pavel ege ŝatis spagetojn kaj manĝis ilin kun fromaĝo. La filo, Dobri, same ŝatis spagetojn, kaj nun patro kaj filo ne havis paciencon komenci la vespermanĝon.

Kiam Rita metis la telerojn sur la tablon, Pavel tuj gustumis la spagetojn kaj diris:

−Rita, hodiaŭ vi kuiris mirindajn spagetojn!

−Ne troigu − ekridetis ŝi. − Tio estas la plej simpla vespermanĝo, kiun oni tre rapide preparas. Se vi kuiros spagetojn, ili same estos mirindaj.

−Tamen nur vi scipovas kuiri tiajn bongustajn.

−Paĉjo − diris Dobri − al mi same tre plaĉas. Tre bongustaj ili estas.

−Bone, bone, dankon − diris Rita. − Baldaŭ vi ambaŭ kuiros kaj tiam mi havos eblecon pritaksi vian kuirartan majstrecon.

La poŝtelefono de Pavel sonoris. Li elprenis ĝin el la poŝo de sia jako.

−Halo.

Post minuto li diris:

−Bone. Tuj mi venos.

17장. 실리코브 가정

집에 모든 가족이 다 모이는 흔치 않은 저녁 중 하루다. 리타는 저녁을 위해 식탁을 정리하느라 바빴다. 스파게티를 요리해서 맛있는 냄새를 솔솔 풍겼다. 파벨은 스파게티를 매우 좋아해서 치즈와 곁들어 먹는다.

아들 **도브리** 역시 스파게티를 좋아해 저녁 시간을 애타게 기다렸다.

리타가 접시를 식탁에 놓자, 파벨은 곧 스파게티를 맛보더니 '여보, 오늘 당신은 놀랄만한 스파게티를 요리했네요'라고 말했다.

"너무 과장하지 마세요." 리타가 실웃음을 터트렸다.

"그것은 모든 사람이 아주 빨리 준비할 수 있는 가장 단순한 저녁 식사예요. 당신이 요리해도 똑같이 놀랄만할 거예요."

"하지만 오직 당신만 그런 맛있는 요리를 할 수 있어."

"아빠! 저도 아주 맘에 들어요. 매우 맛있어요." 도브리가 말했다.

"좋아요, 좋아. 감사해요." 리타가 말했다.

"얼마 후에 두 사람이 요리를 할 것이고, 그때 나는 요리의 예술성과 작품성을 평가하겠죠."

파벨의 휴대전화가 울렸다. 재킷 주머니에서 꺼냈다.

"여보세요!"

잠깐 있다가 그는 말했다.

"알았어, 곧 내가 갈게."

Pavel ekstaris kaj komencis prepari sin por foriri.

-Kio okazis? – demandis Rita.

-Denove murdo – diris Pavel.

-Ĉu denove virino?

-Ne. Nun viro.

-Ĉu ĵurnalisto?

-Oni ankoraŭ ne scias.

Li diris "ĝis revido" kaj foriris.

La aŭto haltis sur la strato ĉe la parko en la loĝkvartalo "Progreso". Silikov eliris kaj piedirante eniris la parkon. Proksime al la monumento de la soldatoj, pereintaj dum la Dua Mondmilito estis polica ĵipo, kies fortaj reflektoroj lumigis la lokon, kie kuŝis la murdito. Tie videblis kelkaj viroj, la anoj de la polica esplorgrupo. Silikov proksimiĝis al ili.

-Bonan vesperon – salutis li.

-Bonan vesperon, sinjoro komisaro – ĥore respondis la policanoj.

-Ĉu denove? – diris Silikov.

-Jes.

Li alrigardis la korpon de la murdito. Estis ĉirkaŭ tridek-kvin-jara viro, ne tre alta kun blua sporta jako, sen ĉapo, nigrahara.

-Kiu trovis lin kaj kiu telefonis al la polico? – demandis Silikov.

파벨은 일어나서 외출 채비를 시작했다.

"무슨 일이에요?"

리타가 물었다.

"다시 살인 사건이요."

파벨이 말했다.

"또 여자예요?"

"아니, 지금은 남자."

"기자요?"

"아직 몰라."

그는 '갔다 올게' 말하고 나갔다.

프로그레스 주거지역에 있는 공원 근처 도로에 차가 멈췄다. 실리코브는 차에서 내려 걸어서 공원 안으로 들어갔다. 2차 세계대전에서 죽은 군인을 위한 기념비 가까이에 경찰 지프가 있는데 강한 반사경이 사망자의 누워 있는 장소를 밝혔다. 경찰 수사팀의 일원인 몇몇 남자들이 보인다. 실리코브는 그들에게 가까이 가서 "안녕!" 하고 인사했다.

"안녕하십니까? 위원님."

합창하듯 경찰관들이 대답했다.

"또?" 실리코브가 말했다.

"예."

그는 사망자의 몸을 살폈다.

35세 남자로 그렇게 키는 크지 않고 파란 스포츠 재킷에 모자는 없고 검은 머리카락을 가졌다.

"누가 발견해서 경찰서에 전화했지?"

실리코브가 질문했다.

-Duopo, junulo kaj junulino, pasis tra la parko ĉirkaŭ la oka horo kaj rimarkis lin kuŝi ĉi tie, ĉe la benko. Unue ili opiniis, ke temas pri ebriulo aŭ senhejmulo, sed poste rimarkis, ke estas mortinta kaj tuj telefonis.

-Ĉu vi trovis ĉe li dokumentojn?

-La personan legitimilon. Lia nomo estas Dako Penev, tridek-ses-jara, loĝas en kvartalo "Malnova Muelejo".

-Ĉu li havis monujon?

-Jes – respondis Kalev. – Tamen ne estas multe da mono kaj verŝajne ne temas pri rabado.

-Vi diris, ke li loĝas en kvartalo "Malnova Muelejo", tre malproksime de ĉi tie. Strange, kion li faris en tiu ĉi parko – diris Silikov.

-Verŝajne li renkontis iun ĉi tie – supozis serĝento Mikov.

-La murdo tre similas al la murdo de Maria Kirilova – rimarkis Kalev. – La murdisto unue pafis al lia brusto kaj poste al la kapo. Verŝajne la pistolo havis silentigilon.

-Do, ni kontrolos ĉion. Kiu li estas, kie li loĝis, kia estas lia profesio, kiuj estas liaj parencoj, konatoj kaj tiel plu – diris Silikov. – Morgaŭ ni komencos la esplorojn.

La sekvan tagon en la kabineto de Silikov denove estis ĉiuj anoj de la polica esplorgrupo.

"두 사람이요. 젊은 남녀인데 8시경 공원을 지나가는데, 공원 의자 여기에 누워있는 그를 발견했답니다. 처음에 술 취한 사람이거나 노숙자로 생각했는데, 나중에 죽어 있는 것을 알아차리고 곧 신고했답니다."

"그에게서 무슨 소지품을 발견했나?"

"개인 신분증이 있었습니다. 이름은 다코 페네브이고, 나이는 36세, **'말노바 무엘레요(옛 방앗간)'** 지역에 삽니다."

"지갑은 가지고 있나?"

"예." 칼레브가 대답했다.

"다만 돈은 많지 않았습니다. 강도는 아닌 거 같습니다."

"그가 말노바 무엘레요 지역에 산다고 말했는데 여기서 꽤 멀어. 이상해. 이 공원에서 무엇을 했을까?" 실리코브가 말했다.

"아마 누군가를 여기서 만났습니다." 미코브 경사가 추측했다.

"살인 방법이 마리아 키릴로바 살인과 아주 비슷합니다." 칼레브가 알아차렸다.

"살인자는 처음에 가슴을 쓰고 나중에 머리를 쏘았습니다. 성능 좋은 소음기를 지닌 듯 해요."

"그럼, 모든 것을 점검해! 그가 누군지, 어디 사는지, 직업은 무엇이고, 가족 친지는 누구인지 그리고 그 밖에도. 내일 수사를 시작해." 실리코브가 말했다.

다음 날 실리코브 사무실에 경찰 수사팀 모든 팀원이 다시 모였다.

Antaŭ Silikov, sur la skribotablo, estis la raporto, farita de serĝento Kalev.

-Kion ni jam scias pri la pafmurdita Dako Penev? - komencis Silikov. - La plej gravaj informoj por ni estas, ke li naskiĝis kaj loĝis en la provinca urbo Poplo. Nur de kvar jaroj li loĝas ĉi tie. Dum tri jaroj li soldatservis en Afganistano kaj Irako. Post la eksiĝo el la armeo ne estas klare kio estis lia laboro kaj kiel vivtenis sin. Li loĝas en kvartalo "Malnova Muelejo", ne havas edzinon kaj infanojn. Hodiaŭ la serĝentoj Kalev kaj Mikov veturos al Poplo por renkontiĝi kaj paroli kun liaj gepatroj. Same pri tiu ĉi murdo estas multaj demandoj. Kiu murdis lin, kial kaj ĉu estas motivoj. Do, kolegoj, kolektu ĉiujn detalajn informojn pri li de la armeo. Ni eksciu kia soldato li estis.

실리코브 앞 책상 위에 칼레브 경사가 작성한 보고서가 놓여 있다.

"총에 맞아 죽은 다코 페네브에 관해 무엇을 알아냈습니까?"

실리코브가 말을 시작했다.

"우리에게 가장 중요한 정보는 그가 **포폴로**(백성)라는 지방 도시에서 태어나고 살았다는 점입니다. 4년 전부터 살았습니다. 3년간 아프가니스탄과 이라크에서 군 복무했습니다. 군대에서 해고된 뒤 직업이 무엇이고 어떻게 생계를 유지했는지 분명하지 않습니다. 그는 말노바 무엘레요 지역에서 살고 아내나 자녀도 없습니다. 오늘 칼레브 경사와 미코브 경사가 포폴로로 부모를 만나 이야기하러 갈 것입니다. 이 살인에도 마찬가지로 많은 질문이 있습니다. 누가 그를 죽였는가? 왜? 동기가 무엇인가? 그러므로 동료 여러분들은 그에 관해 군대부터 모든 세부 정보를 수집하고 그가 어떤 군인이었는지 알아봅시다."

18.

La novembraj matenoj jam estis pli kaj pli
malvarmaj. Senteblis la proksimiĝanta vintro. La tagoj
- mallongaj, la matenoj mallumaj. Densaj nebuloj kiel
grizaj toloj kovris la urbon. Sur la stratoj la homoj
estis kiel misteraj siluetoj, kiuj malrapide aperis kaj
malaperis en la nebulo. La lumoj de la aŭtaj
reflektoroj tiel flavis kvazaŭ en la densa nebulo gvatis
lupaj okuloj.

La serĝentoj Mikov kaj Kalev revenis de la urbo
Poplo, kie ili estis ĉe la gepatroj de Dako Penev.
Ambaŭ estis en la kabineto de Silikov kaj konversaciis.

-Kion vi eksciis de la gepatroj de Dako Penev? -
demandis Silikov.

-Ili diris, ke Dako jam tri jarojn ne estis ĉe ili kaj ili
ne sciis ĉu li estas en la lando aŭ eksterlande, supozis,
ke li estas eksterlande. Okazis, ke Dako estas adoptita
infano. Iam oni adoptis lin de iu orfejo kaj ne scias
kiuj estas liaj veraj gepatroj. La patro de Dako diris,
ke kiam estis infano, Dako estis tre petolema, violenta,
malbona lernanto, pigra, ne laborema. De Afganistano
kaj Irako Dako kelkfoje sendis monon al la gepatroj,
sed poste tute forgesis ilin. La patro menciis, ke
delonge certis, ke tia estos la sorto de Dako, "li ĉiam
ludis per fajro" tiel diris la patro.

18장. 다코의 집 수색

11월의 아침은 점점 추워진다. 어느새 겨울이 가까이 왔다. 낮은 짧아지고 아침은 어둡다. 짙은 구름이 검은 수건처럼 도시를 덮었다. 천천히 나타났다가 슬그머니 안개 속으로 사라지는 신비로운 그림자처럼 사람들이 거리에서 다닌다. 자동차 반사경 불빛은 노란빛으로 마치 짙은 안개 속에서 늑대의 눈동자를 보는 듯하다.

미코브 경사와 칼레브 경사는 다코 페네브의 부모가 사는 **포폴로** 도시에서 돌아왔다.

"다코 페네브의 부모에게서 무엇을 알아냈나?"

실리코브가 질문했다.

"다코가 벌써 3년 전에 그들 곁을 떠나 우리나라에 사는지 외국에 사는지도 모르고, 외국에 있겠거니 했다고 다코 부모님은 말씀했습니다.

다코는 입양한 아이였습니다.

보육원에서 그를 입양했고 친부모가 누군지 모릅니다. 다코 아버지는 다코가 어렸을 때 엄청난 장난꾸러기였고 난폭하고 불량한 학생이며 게으르고 일하기를 싫어했다고 말했습니다.

아프가니스탄과 이라크에서 다코는 몇 번 부모에게 돈을 보냈지만, 나중에는 전혀 그들을 잊었답니다.

아버지가 말하기를 다코의 운명은 그런 것이라고 오래전에 확신했습니다. '항상 불을 가지고 놀았어요'

"Jam de la infaneco Dako enmiksiĝis en danĝeraj aferoj." La gepatroj ne konas liajn konatojn aŭ amikojn kaj ne scias ĉu Dako entute havis amikojn. Do, ili ne multe helpis nin – diris Kalev.

Silikov, kiu atente aŭskultis lin, komencis trafoliumi iun dosieron, kiu estis sur la skribotablo, poste levis kapon kaj alrigardis la serĝentojn.

–Kaj kion oni diris en la armeo pri Dako Penev? – demandis Silikov.

–De la armeo ni eksciis pli da detaloj pri li – diris Mikov. – Same tie Dako ne kondutis bone, estis kruda al la soldatoj kaj al la estroj, ne obeema, kutimis drinki, ebriiĝis kaj iel kontrabandis alkoholaĵon, kiun li vendis al la soldatoj. Pro tio oni eksigis lin el la armeo.

–Kiam li revenis de Irako, kion li laboris? – demandis Silikov.

–Verŝajne nenion. Ne estas klare kiel li vivtenis sin. Certe li okupiĝis pri iaj neleĝaj negocoj, eble narkotaĵoj··· – supozis Kalev.

–Do, ni devas traserĉi lian domon – diris Silikov. – Kaj ni faru tion tuj, antaŭ iuj aliaj.

La loĝkvartalo "Malnova Muelejo" estis ĉe la piedoj de montaro Siringo. En la pasinteco ĝi ne estis urba kvartalo, sed vilaĝo.

'어릴 때부터 다코는 위험한 일에 뛰어들었어요'라고 말했습니다. 부모님은 그의 지인이나 친구도 모르고, 다코가 일반적으로 친구가 있는지도 모릅니다. 따라서 우리에게 큰 도움이 안 되었습니다."

칼레브가 말했다. 주의해서 듣더니 실리코브는 책상 위에 놓인 어떤 서류를 들춰 보고 나중에 고개를 들고 경사들을 바라보았다.

"군대에서 다코 페네브에 관해 무엇이라고 말했지?"

실리코브가 질문했다.

"군대에서 그에 관해 더 자세히 알아냈습니다."

미코브가 말했다.

"거기서도 마찬가지로 다코는 올바르게 행동하지 않고 동료 군인들에게 거칠었고 상관들에게 불순종했으며 습관적으로 술을 마시고 취했습니다. 또 어떻게든 술을 밀수해 군인들에게 팔았습니다. 그 점 때문에 해고됐습니다."

"이라크에서 돌아와서 무슨 일을 했지?"

실리코브가 물었다.

"정말 아무것도 안 했습니다. 어떻게 생계를 유지했는지 분명하지 않습니다."

분명 어떤 불법 거래 예를 들면 마약 거래를 했으리라고 칼레브는 추측했다.

"그럼 그의 집을 자세히 수색해야 해."

실리코브가 말했다.

"그리고 다른 무엇보다 먼저 그 일을 해."

말노바 무엘레요 주거지역은 **시링고** 산자락에 있다. 과거에는 도시지역이 아니라 마을이었다.

En ĝi estis granda muelejo, kiu tre bone muelis la grenon kaj ĉi tien venis vilaĝanoj el malproksimaj vilaĝoj per ĉevalaj kaj bubalaj ĉaroj. La posedanto de la muelejo nomiĝis Dimo, vidvo, kiu havis tre belan filinon Biljana. Radan, junulo el malproksima vilaĝo enamiĝis en Biljana kaj tre ofte venis en la muelejon. Biljana kaj Radan kaŝe renkontiĝis kaj ilia amo estis arda kiel flamo. Foje Radan ekstaris antaŭ la maljuna muelisto kaj diris al li, ke deziras edzinigi lian filinon. La muelisto tamen ne konsentis. Radan loĝis malproksime kaj estis tre malriĉa. La muelisto estis riĉa kaj deziris edzinigi Biljanan al riĉulo. Ĉagrenita Radan foriris kaj ne plu venis en la muelejon. Biljana ne povis vivi kun la malpermeso de la patro, la malaperon de Radan kaj ĵetis sin en la riveron ĉe la muelejo. Post ŝia morto la muelejo ekbruliĝis. Neniu sciis ĉu iu bruligis ĝin aŭ ĉu la incendio okazis hazarde. Oni diris, ke la arda amo inter Radan kaj Biljana ekbruligis la muelejon. Tiel la muelejo malaperis, sed de tiam oni nomis la lokon, kie ĝi troviĝis, "Malnova Muelejo". Iuj nomis la riveron ĉe la muelejo "La Larmoj de Biljana".

Polica aŭto haltis antaŭ la domo de Dako. El la aŭto eliris Silikov, Kalev kaj Mikov. Ili trapasis la korton, en kiu estis flave farbita duetaĝa domo, simila al montodomo kun iom pli akra tegmento.

그곳에는 거대한 방앗간이 있고 곡식을 아주 잘 찧어 먼 마을에서 소나 물소 수레를 이용해 마을 사람들이 찾아 왔다.

방앗간 주인은 **디보**라고 부르는데, 홀아비에 예쁜 외동 딸 **빌랴나**가 있었다.

먼 마을의 **라단**이라는 젊은이가 빌랴나를 사랑하게 되어 자주 방앗간에 왔다. 빌랴나와 라단은 숨어서 만나고, 그들의 사랑은 불꽃처럼 뜨거웠다.

한 번은 라단이 늙은 방앗간지기 앞에 서서 딸과 결혼하고 싶다고 말했다.

그러나 방앗간 지기는 동의하지 않았다. 라단은 멀리서 살고 너무 가난했다. 방앗간지기는 빌랴나를 부자에게 시집 보내고 싶었다. 화가 난 라단은 떠나고 더는 방앗간에 오지 않았다. 빌랴나는 아버지의 불허(不許)와 라단과의 이별 때문에 살 수 없어 방앗간 옆 강에 몸을 던졌다. 딸이 죽은 뒤 방앗간이 불이 났다. 누가 불을 질렀는지, 우연히 일어났는지 아무도 모른다.

라단과 빌랴나의 뜨거운 사랑이 방앗간을 태웠다고 사람들이 말했다. 그렇게 해서 방앗간은 사라졌지만, 그때부터 사람들은 그곳을 말노바 무엘레요(옛 방앗간)라고 부른다.

누구는 방앗간 옆 강을 **빌랴나의 눈물**이라고 부른다.

경찰차가 다코의 집 앞에 섰다. 차에서 실리코브, 칼레브, 미코브가 내렸다. 마당으로 들어서니 그 안에 노랗게 친해진 이층집이 있는데 조금 경사지게 지붕을 해서 산장을 닮았다.

Mikov portis la ŝlosilojn, kiujn oni trovis en la poŝo de Dako, kaj senprobleme malŝlosis la pordon. La triopo eniris en vestiblon kaj de tie en vastan ĉambron, verŝajne – la gastoĉambro. Silikov tuj rimarkis, ke ĝi estas tre bone meblita, kun multekostaj fremdlandaj mebloj, modernaj foteloj, vitra tablo, granda televidilo "Filips" , komputilo⋯

-Dako Penev estis riĉulo – diris Silikov. – Ni devas ĉion detale trarigardi. Ja, estas klare, ke li ne laboris, sed havis multe da mono.

La serĝentoj Kalev kaj Mikov komencis traserĉi komodojn, ŝrankojn, tirkestojn⋯ En la vestoŝranko Kalev trovis kartonan skatolon kaj en ĝi tri pistolojn. Kalev tuj rimarkis, ke per unu el la pistoloj antaŭnelonge estis pafita.

-Do ĉio estas klare – diris Silikov. – Mi jam konjektas kio estis la okupo de Dako Penev.

El unu el la tirkestoj Mikov elprenis koverton kun granda monsumo. La bankbiletoj estis tute novaj.

-Do, tre verŝajne Dako Penev estas la persono, kiun ni serĉas. Certe li pafmurdis Maria-n Kirilova-n – konkludis Silikov.

-Tamen kial oni murdis lin? – demandis Mikov.

-Por kaŝi la spurojn. Oni ne bezonis plu lin kaj tiel facile liberigis sin de li – konkludis Silikov.

미코브는 다코의 주머니에서 발견한 열쇠를 가져와서 문제없이 문을 열었다. 셋이서 현관에 들어갔다. 거기서 넓은 방 응접실로 들어갔다. 실리코브는 매우 잘 꾸며졌다는 금세 알아차렸다. 값비싼 외국산 가구, 현대적인 안락의자, 유리 탁자, 거대한 필립스 TV, 컴퓨터.

"다코 페네브는 부자군."

실리코브가 말했다.

"우리는 모든 것을 자세히 살펴야 해. 그는 일하지 않았지만, 돈이 엄청 많은 것은 분명해."

칼레브 경사와 미코브 경사는 옷장, 선반, 서랍을 뒤지기 시작했다. 옷장 속에서 칼레브는 마분지 상자를 찾았고 그 안에 총 3자루가 들어있었다. 칼레브는 그 총 중 하나가 얼마 전에 사용된 총임을 알아차렸다.

"이제 모든 것이 분명해."

실리코브가 말했다.

"나는 이미 다코의 직업이 무엇인지 짐작했어."

서랍 중 한 곳에서 미코브는 큰돈이 들어있는 봉투를 찾았다. 새 지폐들이었다.

"그래, 정말 다코 페네브는 우리가 찾던 그 사람이야. 분명 그가 마리아 키릴로바를 총으로 쏴 죽였어."

실리코브가 결론지었다.

"그러면 왜 그를 죽였을까요?"

미코브가 물었다.

"흔적을 숨기기 위해. 더는 그가 필요 없으니까 그렇게 쉽게 죽였지."

실리코브가 결론지었다.

La policanoj diligente kaj atente kolektis la materialajn pruvojn. En la laboratorio de la polico oni detale esploris la pistolojn, kiuj estis trovitaj en la loĝejo de Dako kaj konstatis, ke per unu el ili estis mortpafita Maria Kirilova.

-Jam ne estas dubo, ke per tiu ĉi pistolo Dako Penev murdis Maria-n ‒ diris Silikov al Mikov kaj Kalev, rigardante atente la pistolon. ‒ Nun ni devas trovi tiujn, kiuj mendis al Dako la murdon. Certe temas pri personoj, kies tasko estas tio. Bedaŭrinde Dako Penev ne povas direkti nin al ili. Tamen ni ne forgesu, ke eble Slava Angelova estas ilia sekva celfiguro. Do, ni devas tre atenti pri ŝi ‒ avertis Silikov la serĝentojn. ‒ Nun nia laboro estos pli respondeca. Ni ne permesu al la murdistoj mortigi Slava-n kaj ni nepre kaptu ilin.

-Ni faros ĉion eblan ‒ diris Kalev.

-Nun pri Slava Angelova zorgas niaj kolegoj ‒ diris Mikov.

-Do, morgaŭ ni daŭrigos nian laboron ‒ diris Silikov. ‒ Mi deziras al vi trankvilan vesperon.

-Ĝis revido ‒ diris la serĝentoj kaj foriris.

경찰들은 부지런히 주의해서 물질적 흔적을 모았다. 경찰 실험실에서 다코의 집에서 발견한 총을 자세히 조사했다. 그리고 그들 중 하나가 마리아 키릴로바를 쏘아 죽인 총임을 확인했다.

"이미 이 총으로 다코 페네브가 마리아 기자를 죽인 것을 의심하지 않아."

실리코브가 총을 주의 깊게 쳐다보면서 미코브와 칼레브에게 말했다.

"지금 우리는 다코에게 살인을 주문한 그자들을 찾아야만 해. 유감스럽게도 다코 페네브는 우리에게 그들을 알려 줄 수 없어. 그러나 우리는 슬라바 안겔로바가 아마도 그들의 다음 표적임을 잊지 말아야 해. 그러므로 그녀를 아주 잘 살펴야 해."

실리코브가 경사들에게 경고했다.

"지금 우리는 책임이 더 무거워졌어. 살인자들이 슬라바를 죽이도록 냅둬서는 안 돼. 반드시 그들을 잡아야 해."

"가능한 모든 것을 하겠습니다."

칼레브가 말했다.

"지금 슬라바 안겔로바에 관해 우리 동료들이 살피고 있습니다."

미코브가 말했다.

"그럼 내일 우리 일을 계속하자."

실리코브가 말했다.

"편안한 밤 보내!"

"내일 뵙겠습니다."

경사들이 말하고 떠났다.

19.

Estis la dudek-tria horo vespere. Daniel Donev rapidis reveni hejmen. Estis malvarme, blovis malvarmeta vento kaj li provis kaŝi la kapon en la kolumo de la jako. Ĉi-vespere Daniel estis ege kontenta, eĉ feliĉa. Li sukcesis vendi kvin dozojn da heroino. Kutime li vendis la narkotaĵon en la nova loĝkvartalo "Progreso", en kiu estis pluraj multetaĝaj domoj. La homoj en tiu ĉi kvartalo ne estis riĉaj, iuj el ili delonge ne laboris kaj ne povis trovi laboron, sed iliaj gefiloj estis narkotuloj kaj jam ne povis vivi sen narkotaĵoj. Ili ŝtelis, vendis la ŝtelitajn aĵojn por aĉeti narkotaĵojn. Daniel bone konis ilin kaj regule vendis al ili narkotaĵojn. Ĉi-vespere la vendado estis tre sukcesa.

Jam de kelkaj jaroj Daniel okupiĝis pri vendado de narkotaĵoj. Antaŭe li estis krupiero en kazino "Bonŝanco", sed konstatis, ke pli multe gajnos, vendante narkotaĵojn kaj dum kelkaj jaroj li iĝis unu el la plej spertaj narkotaĵodistribuantoj. Jam de la kazino li bone konis la narkotaĵobaronojn, kiuj donis al li eblecon distribui narkotaĵojn. Daniel ne nur sukcese vendis ilin, sed li bonege ekkonis la tutan organizon, sciis kiel oni liveras la narkotaĵojn, kiuj okupiĝas pri la distribuado kaj kiuj estras la negocojn.

19장. 다니엘과 리코의 만남

저녁 11시에 다니엘 파네브는 집으로 돌아가려고 서둘렀다. 춥고 차가운 바람이 불어 재킷의 깃에 머리를 숨기려고 했다.

오늘 밤 다니엘은 매우 만족해서 행복했다.

다섯 봉지 헤로인을 팔아치웠다.

여러 고층 건물이 있는 새로운 프로그레스 주거지역에서 보통 마약을 팔았다.

이 지역 사람들은 가난해서 그들 중 일부는 오래전부터 일하지 않고 일자리도 찾을 수 없다.

그러나 자식들은 마약을 하고 벌써 마약 없이 살 수 없다. 마약을 사려고 그들은 훔치고 훔친 물건을 팔았다. 다니엘은 그들을 잘 알고 정기적으로 마약을 팔았다.

오늘 밤은 마약판매가 꽤 성공적이다.

벌써 몇 년 전부터 다니엘은 마약판매 일을 했다.

전에 그는 카지노 '**본샨쪼**(행운)'에서 직원이었는데 마약을 파는 게 훨씬 돈을 많이 번다고 확신했다.

가장 경험 많은 마약 배급업자 중 하나가 되었다.

이미 카지노에서부터 마약을 배부할 여지를 준 마약 귀족들을 잘 안다.

다니엘은 마약을 잘 팔뿐 아니라 모든 조직을 알아냈고, 마약 배급에 종사하며 거래를 주도하는 자들이 어떻게 마약을 배달하는지 알았다.

La plej grandaj narkotaĵobaronoj estimis lin, ĉar dank' al Daniel la vendado de la narkotaĵoj disvastiĝis. Daniel mem ne uzis narkotaĵojn kaj neniam li provis ilin. Por li sufiĉis nur vendi. Neniam antaŭe li supozis, ke iam li okupiĝos pri distribuado de narkotaĵoj kaj neniam li esperis, ke havos multe da mono.

Li naskiĝis kaj loĝis en malgranda provinca urbo. Liaj gepatroj estis laboristoj, la patro – seruristo kaj la patrino – kudristino. Daniel tamen ne deziris esti laboristo. Li ĉiam revis loĝi en granda urbo kaj havi multe da mono, bonan loĝejon, modernan aŭton. Tial li venis en la grandan urbon kaj komencis labori en kazino "Bonŝanco", kie li konatiĝis kun multaj riĉuloj kaj deziris esti kiel ili. Daniel bone sciis, ke pluraj el ili iĝis riĉaj malhoneste per trompoj kaj ŝteloj. Li same pretis per trompoj kaj aferaĉoj iĝi riĉa.

Kiam Daniel komencis vendi narkotaĵojn, li iĝis tre kontenta, ĉar komprenis, ke tio estas la plej rapida kaj facila vojo al la riĉeco. Li planis kelkajn jarojn okupiĝi pri la distribuado de narkotaĵoj kaj kiam estos gajninta sufiĉe da mono, veturos eksterlanden kaj loĝos en bela lando, ĉu en Hispanio, ĉu en Portugalio aŭ ie sur Karibaj Insuloj.

Daniel rapide trapasis straton "Oktobro", eniris la domon, kie loĝis kaj ekiris al la dua etaĝo.

마약 귀족들은 그를 좋아하는데, 다니엘 덕분에 마약 판매가 증가했기 때문이다.

다니엘은 마약을 하지 않는다.

결코 그것을 해 보려고 시도조차 하지 않는다.

그에게는 파는 것만으로 충분하다.

예전에는 마약 배급에 관한 일을 할 거라고 짐작 못 했고 많은 돈을 바라지도 않았다.

그는 작은 지방 도시에서 태어나서 살고 있다. 부모님은 노동자인데 아버지는 열쇠수리공이고 어머니는 재봉사다. 그러나 다니엘은 노동자가 되고 싶지 않았다. 그는 항상 큰 도시에서 살고, 많은 돈, 좋은 집. 최신 자동차를 꿈꾸었다.

그래서 그는 큰 도시로 와서 카지노 본산쪼에서 일하기 시작하고 거기서 많은 부자를 알게 될수록 그들처럼 되고 싶었다.

다니엘은 그들 중 여러 사람이 사기와 도둑으로 정직하지 않게 부자가 된 것을 알았다. 그도 역시 부자가 되고자 사기와 더러운 일을 하려고 마음먹었다.

다니엘이 마약을 팔 때 매우 기뻤다.

부자가 되는 가장 빠르고 쉬운 길이기에. 그는 오랫동안 마약 배급을 계획하고 충분한 돈을 번 후에는 외국으로 여행 가서 아름다운 스페인이나 포르투갈이나 카리브 섬 어딘가에서 살 것이다.

다니엘은 옥토브로 거리를 서둘러 통과해서 사는 집으로 들어갔다.

그리고 2층으로 올라갔다.

Li malŝlosis la pordon, eniris la vestiblon, demetis la jakon kaj la ŝuojn, malfermis la pordon de la ĉambro kaj stuporiĝis. En la ĉambro estis Riko kun siaj du gardistoj. Daniel tiel surpriziĝis, ke sonon ne povis prononci.

-Eniru! ‾ diris Riko.

Li time enpaŝis la ĉambron.

-Sidiĝu! ‾ ordonis Riko kaj montris al la fotelo ĉe la pordo.

Daniel sidiĝis tremanta. Li tre bone konis Riko-n kaj liajn gardistojn jam de la kazino. Tiam Riko ofte venis en la kazinon kaj multe ludis.

Nun Riko insiste rigardis lin kaj Daniel sentis sian buŝon paralizita. Li deziris demandi Riko-n kiel ili eniris en la loĝejon, sed bone sciis, ke por Riko kaj liaj gardistoj ne estas io malebla. Ja, ili spertis malfermi ne nur loĝejojn, sed metalajn trezorejojn.

-Bonan vesperon ‾ diris Riko kaj ekridetis sardone. Liaj bluaj vitrecaj okuloj ekbrilis minace. ‾ Delonge ni ne vidis unu la alian ‾ daŭrigis Riko.

Daniel daŭre silentis. Ĉe Riko sidis la du gardistoj. La unua grandega kiel urso, la alia ‾ simila al ŝakalo.

-Ni eksciis tre interesan detalon pri via agado ‾ diris Riko. ‾ Vi iĝis informanto de ĵurnalistino Slava Angelova kaj dank' al vi ŝi jam ĉion scias pri narkotaĵonegoco.

그는 문을 열고 현관으로 들어가서 재킷과 신발을 벗고 방문을 열더니 정신이 아득해졌다. 방에 리코가 경호원 두 명과 함께 있었다. 다니엘은 놀라서 아무 소리도 내지 못했다.

"들어와." 리코가 말했다.

그는 두려워하며 방으로 들어갔다.

"앉아." 리코는 명령하고 문 옆 안락의자를 가리켰다. 다니엘은 떨면서 앉았다. 그는 카지노 때부터 리코와 경호원을 잘 알았다. 그때 리코는 카지노에 자주 와서 게임을 즐겼다. 지금 리코는 고집스럽게 그를 쳐다보고 있다. 다니엘은 입술이 바짝 말랐다. 그는 리코에게 어떻게 집에 들어왔는지 묻고 싶었지만, 리코와 경호원들에게 불가능한 일이 없다는 것을 잘 안다. 그들은 집뿐 아니라 금속 보석함도 연 경험이 있다.

"안녕."

리코가 말하고 냉소적으로 비웃었다.

그의 차가운 파란 눈은 위협하듯 빛났다.

"오래전부터 서로 보지 못했네."

리코가 계속 말했다. 다니엘은 계속 침묵했다. 리코 옆에는 두 명의 경호원이 있다. 한 사람은 곰처럼 거대하고 다른 사람은 승냥이를 닮았다.

"우리는 네가 아주 재미있는 일을 하고 있다는 것을 알았지." 리코가 말했다.

"너는 슬라바 안겔로바 여기자의 정보원(情報員)이 되었고, 네 덕분에 그 여자는 마약 거래에 대해 이미 모든 것을 알게 되었어."

Daniel tuj deziris diri, ke tio ne estas vero, sed Riko severe fiksrigardis lin.

—Ni ĉion scias. Kion vi opinias, ke ni estas idiotoj kaj ne scias kun kiu vi renkontiĝas kaj kiun vi informas. Ne pensu, ke vi estas pli saĝa ol ni.

La du gardistoj brue ekridaĉis.

—Vi mortpafos Slava-n Angelova-n kaj fermos ŝian buŝon! – diris Riko.

—Ne! – ekkriis Daniel. – Mi ne povas pafi!

—Nun vi lernos! – eksiblis Riko. – Vi tion perfekte faros, ĉar vi bone konas ŝin kaj kiam vi proksimiĝos al ŝi, ŝi ne supozos, ke vi pafmortigos ŝin.

—Ne!

—Ne diru "ne", ĉar tuj mi pafmortigos vin. Vi estas sola ĉi tie kaj dum semajnoj neniu komprenos, ke vi mortis. Vi bone scias, ke mi ne ŝercas. Vi konas miajn amikojn, ĉu ne? – kaj Riko montris la gardistojn. – Se vi deziras vivi, vi devas mortpafi Slava-n Angelova-n.

Daniel sentis, ke ne plu havas fortojn, sangon kaj pro timo li nur kapjesis.

—Ja, vi ricevos sufiĉe da mono. Mi scias, ke vi karambolis kaj nun vi ne havas aŭton, vi ricevos multekostan novan aŭton – diris Riko kaj okulsignis al la gardistoj, kiuj sidis ĉe li.

다니엘은 진실이 아니라고 바로 말하고 싶었지만, 리코는 매섭게 그를 뚫어지게 쳐다보았다.

"우리는 모든 것을 알아. 우리가 바보고 네가 누구랑 만나 무슨 정보를 주는지 모른다고 생각하니? 네가 우리보다 현명하다고 생각하지 마!"

두 경호원이 소리 나게 웃어젖혔다.

"네가 직접 슬라바 안겔로바를 총으로 쏴 죽여. 그녀 입을 막아." 리코가 말했다.

"안 돼요." 다니엘이 소리쳤다.

"나는 총을 쏠 수 없어요."

"지금 배울 거야." 리코가 쉿 소리를 냈다.

"너는 완전하게 해낼 거야. 왜냐하면, 네가 그녀를 잘 아니까 네가 다가갈 때 총으로 쏴 죽일 거라고 꿈에도 짐작하지 못하겠지." "안 돼요!"

"안 된다고 말하지 마! 내가 곧 너를 총으로 쏴 죽일 테니까. 너는 여기 혼자고 일주일 내내 네가 죽은 것을 아무도 모를 거야. 내가 농담하지 않는다는 사실을 잘 알잖아. 너는 내 친구들을 알고 있지?"

그리고 리코는 경호원들을 가리켰다.

"살고 싶다면 슬라바 안겔로바를 총으로 쏴 죽여야 해."

다니엘은 더는 버틸 힘이 없다고 느껴 두려워서 고개만 끄덕였다.

"정말 충분한 돈을 받을 거야. 차가 사고 나서 지금 차도 없지? 곧 비싼 새 차도 받을 거야."

리코가 말하고 옆에 앉아 있는 경호원에게 눈으로 신호했다.

- Kaj ne provu diri al iu pri nia konversacio, ĉar tuj vi ekveturos al alia mondo. Ni telefonos al vi kiam ni denove renkontiĝos por doni al vi pistolon kaj kiam, kaj kie vi pafmurdos Slava-n Angelova-n – aldonis Riko.

Riko kaj la gardistoj ekstaris kaj eliris el la loĝejo. Daniel kiel ŝtonigita restis en la fotelo, ne povante eĉ ekmoviĝi. "Ne, mi ne estas pafmurdisto. Mi ne povas murdi homon. Mi preferas morti ol murdi iun." La tutan nokton Daniel ne enlitiĝis kaj ne dormis. Li vagis en la ĉambro kiel sovaĝa besto, fermata en kaĝo.

Kiam mateniĝis li tuj eliris el la loĝejo kaj ekiris al la polico por rakonti ĉion.

"그리고 우리 대화를 누구에게 말하려고 하지 마. 총을 너에게 주려고 언제 다시 만날 것인지, 언제 어디서 슬라바 안겔로바를 쏴 죽일 것인지 네게 전화할게."

리코가 덧붙였다. 리코와 경호원들은 일어나서 집을 나갔다. 다니엘은 돌이 된 것처럼 안락의자에 남아서 조금도 움직이지 못했다.

"아니야, 나는 살인자가 아니야. 나는 사람을 죽일 수 없어. 누구를 죽이느니 차라리 내가 죽을래."

밤새도록 다니엘은 침대에 들어가지 못하고 잠들지 않았다. 우리에 갇힌 야생 동물처럼 방안을 서성거렸다. 아침이 되자 그는 바로 집에서 나와 모든 것을 말하려고 경찰서로 출발했다.

20.

Silikov sidis ĉe la tablo en la kuirejo kun Rita kaj trinkis la matenan kafon. Li ne deziris, sed nevole pensis pri la laboro. Jes, li fermis ankoraŭ unu paĝon el sia agado. Oni arestis Riko-n kaj liajn gardistojn. Delonge Silikov supozis pri la ekzisto de tiu ĉi bando, sed ĝis nun ne eblis kapti ilin. Nun la polico sukcesis kaj ĉio estas klara: kiu pafmurdis Maria-n Kirilovan, kial, kial oni deziris pafmurdi Slava-n Angelova-n. Bedaŭrinde kiel Silikov supozis, ili kaptis la plenumantojn, sed ne tiujn, kiuj ordonis.

La narkotaĵonegoco ekzistis kaj ekzistos. Ĝi daŭre ebligos multe da mono al iuj, sed bedaŭrinde pri la gejunuloj, kiuj dependiĝos de la narkotaĵoj.

Sofio, la 29-an de decembro 2017.

20장. 리코와 경호원 체포

실리코브는 부엌에서 리타와 함께 탁자에 앉아 아침 커피를 마셨다.

원치 않지만 자기도 모르게 일에 관해 생각했다. 맞다. 그는 경찰 수사 활동의 한 페이지를 닫았다.

리코와 경호원을 체포했다. 오래전부터 실리코브는 이 조직의 존재를 짐작했지만, 지금까지 그들을 잡을 수 없었다. 지금 경찰은 누가 왜 마리아 키릴로바를 총으로 쏴 죽였으며 왜 슬라바 안겔로바를 총으로 쏴 죽이고 싶어 하는지 모든 것을 파악했다. 아쉽게도 실리코브가 짐작한 것처럼 실행자는 잡았지만, 명령자는 잡지 못했다. 마약 거래는 존재했고 존재할 것이다. 그것은 계속해서 누군가에게 많은 돈을 벌게 해 줄 것이다. 마약에 의존하는 젊은이에게는 안타까운 일이지만.

2017년 12월 29일, 소피아(불가리아 수도)

PRI LA AŬTORO

Julian Modest (Georgi Mihalkov) naskiĝis la 21-an de majo 1952 en Sofio, Bulgario. En 1977 li finis bulgaran filologion en Sofia Universitato "Sankta Kliment Ohridski", kie en 1973 li komencis lerni Esperanton. Jam en la universitato li aperigis Esperantajn artikolojn kaj poemojn en revuo "Bulgara Esperantisto".

De 1977 ĝis 1985 li loĝis en Budapeŝto, kie li edziĝis al hungara esperantistino. Tie aperis liaj unuaj Esperantaj noveloj. En Budapeŝto Julian Modest aktive kontribuis al diversaj Esperanto-revuoj per noveloj, recenzoj kaj artikoloj.

De 1986 ĝis 1992 Julian Modest estis lektoro pri Esperanto en Sofia Universitato "Sankta Kliment Ohridski", kie li instruis la lingvon, originalan Esperanto-literaturon kaj

historion de Esperanto-movado. De 1985 ĝis 1988 li estis ĉefredaktoro de la eldonejo de Bulgara Esperantista Asocio. En 1992-1993 li estis prezidanto de Bulgara Esperanto-Asocio. Nuntempe li estas unu el la plej famaj bulgarlingvaj verkistoj.

Kaj li estas membro de Bulgara Verkista Asocio kaj Esperanta PEN-klubo.

저자에 대하여

율리안 모데스트는 1952년 5월 21일 불가리아의 소피아에서 태어났다. 1977년 소피아의 '성 클리멘트 오리드스키' 대학에서 불가리아어 문학을 공부했는데 1973년 에스페란토를 배우기 시작했다. 이미 대학에서 잡지 '불가리아 에스페란토사용자'에 에스페란토 기사와 시를 게재했다.

1977년부터 1985년까지 부다페스트에서 살면서 헝가리 에스페란토사용자와 결혼했다. 첫 번째 에스페란토 단편 소설을 그곳에서 출간했다. 부다페스트에서 단편 소설, 리뷰 및 기사를 통해 다양한 에스페란토 잡지에 적극적으로 기고했다. 그곳에서 그는 헝가리 젊은 작가 협회의 회원이었다.

1986년부터 1992년까지 소피아의 '성 클리멘트 오리드스키' 대학에서 에스페란토 강사로 재직하면서 언어, 원작 에스페란토 문학 및 에스페란토 운동의 역사를 가르쳤고. 1985년부터 1988년까지 불가리아 에스페란토 협회 출판사의 편집장을 역임했다.

1992년부터 1993년까지 불가리아 에스페란토 협회 회장을 지냈다.

현재 불가리아에서 가장 유명한 작가 중 한 명이다.

불가리아 작가 협회의 회원이며 에스페란토 PEN 클럽 회원이다.

Esperantaj verkoj de Julian Modest

1. Ni vivos! –dokumenta dramo pri Lidia Zamenhof.
2. La Ora Pozidono –romano.
3. Maja pluvo –romano.
4. D-ro Braun vivas en ni –dramo
5. Mistera lumo –novelaro.
6. Beletraj eseoj –esearo.
7. Mara stelo –novelaro
8. Sonĝ vagi –novelaro
9. Invento de l' jarcento –komedio
10. Literaturaj konfesoj –esearo
11. La fermata konko –novelaro
12. Bela sonĝ –novelaro
14. La viro el la pasinteco –novelaro
15. Dancanta kun ŝarkoj – originala novelaro
16. La Enigma trezoro – originala romano
    por adoleskuloj
17. Averto pri murdo – originala krimromano
18. Murdo en la parko – originala krimromano
19. Serenaj matenoj – originala krimromano
20. Amo kaj malamo – originala krimromano
21. Ĉasisto de sonĝoj – originala novelaro
22. forgesu mian voĉon – 2 noveloj

율리안 모데스트의 저작들

-우리는 살 것이다!-리디아 자멘호프에 대한 기록드라마
-황금의 포세이돈-소설
-5월 비-소설
-브라운 박사는 우리 안에 산다-드라마
-신비한 빛-단편 소설
-문학 수필-수필
-바다별-단편 소설
-꿈에서 방황-짧은 이야기
-세기의 발명-코미디
-문학 고백-수필
-닫힌 조개-단편 소설
-아름다운 꿈-짧은 이야기
-과거로부터 온 남자-짧은 이야기
-상어와 함께 춤을-단편 소설
-수수께끼의 보물-청소년을 위한 소설
-살인 경고-추리 소설
-공원에서의 살인-추리 소설
-고요한 아침-추리 소설
-사랑과 증오-추리 소설
-꿈의 사냥꾼-단편 소설
-내 목소리를 잊지 마세요- 소설 2편

번역자의 말

『공원에서의 살인』은 범죄 소설입니다.

이 책을 구매하신 모든 분께 감사드립니다.

평범한 어느 **여기자**가 죽자 경찰은 범인을 찾기가 쉽지 않습니다. 지극히 모범적인 가정에 겸손하고 착한 기자가 죽을만한 이유를 찾기 힘들었기 때문입니다.

읽으면서 번역하는 내내 죽은 기자 때문에 마음이 아팠습니다.

코로나 19로 인해 우리 일상이 언제 어떻게 될지 한 치 앞을 모르는 때를 살고 있기에, 어쩌면 실수로 잘못 죽은 그 여자 때문에 더욱 가슴이 아픕니다.

결국 범인을 찾아 잡게 되지만, 살인을 시킨 사람은 잡지 못하고 실행에 옮긴 사람을 잡는 데만 그칩니다.

율리안 모데스트 작가의 아름다운 문체와 읽기 쉬운 단어로 인해 에스페란토 학습자에게는 아주 재미있고 유용한 책이라고 생각합니다.

책을 읽고 번역하면서 다시 읽게 되고, 수정하면서 다시 읽고, 책을 출판하기 위해 다시 읽고, 여러 번 읽게 되어 저는 아주 행복합니다.

바쁜 하루에서 조그마한 시간을 내어 내가 좋아하는 책을 읽고 묵상하는 것은 힘든 세상에서 우리를 지탱해 줄 힘을 얻기 때문입니다.

교정을 도와준 **손미애** 자매에게 감사드리며, 읽다가 잘못된 부분을 찾아 언제든지 연락해주시면 기꺼이 반영하도록 하겠습니다.

오태영(mateno, 진달래출판사 대표)